Александр Пушкин

Капитанская дочка

Пушкин А. С. Капитанская дочка

В издание включены иллюстрации Павла Петровича Соколова, а также работы других художников 18-19 вв.

ISBN 978-1-910880-46-3
Издательство The Planet, 2017

www.the-planet-books.com

Портрет А. С. Пушкина
работы П. Ф. Соколова, 1836 г.

БЕРЕГИ ЧЕСТЬ СМОЛОДУ.

Пословица

Глава I
Сержант гвардии

— Был бы гвардии он завтра ж капитан.
— Того не надобно; пусть в армии послужит.
— Изрядно сказано! пускай его потужит...
. . . .
Да кто его отец?

Княжнин

ОТЕЦ мой Андрей Петрович Гринёв в молодости своей служил при графе Минихе и вышел в отставку премьер-майором в 17.. году. С тех пор жил он в своей Симбирской деревне, где и женился на девице Авдотье Васильевне Ю., дочери бедного тамошнего дворянина. Нас было девять человек детей. Все мои братья и сёстры умерли во младенчестве.

Матушка была ещё мною брюхата, как уже я был записан в Семёновский полк сержантом, по милости майора гвардии князя Б., близкого нашего родственника. Если бы паче всякого чаяния матушка родила дочь, то батюшка объявил бы куда следовало о смерти неявившегося сержанта, и дело тем бы и кончилось. Я считался в отпуску до окончания наук. В то время воспитывались мы не по-нонешнему. С пятилетнего возраста отдан я был на руки стремянному Савельичу, за трезвое поведение пожалованному мне в дядьки. Под его надзором на двенадцатом году выучился я русской грамоте и мог очень здраво судить о свойствах борзого кобеля. В это время батюшка нанял для меня француза, мосье Бопре, которого выписали из Москвы вместе с годовым запасом вина и прованского масла. Приезд его сильно не понравился Савельичу. «Слава Богу, — ворчал он про себя, — кажется, дитя умыт, причёсан, накормлен. Куда как нужно тратить лишние деньги и нанимать мусье, как будто и своих людей не стало!»

Бопре в отечестве своём был парикмахером, потом в Пруссии солдатом, потом приехал в Россию pour être outchitel[1], не очень понимая значение этого слова. Он был добрый малый, но ветрен и беспутен до крайности. Главною его слабостию была страсть к прекрасному полу; нередко за свои нежности получал он толчки, от которых охал по целым суткам. К тому же не был он (по его выражению) и врагом бутылки, т. е. (говоря по-русски) любил хлебнуть лишнее. Но как вино подавалось у нас только за обедом, и то по рюмочке, причём учителя обыкновенно и обносили, то мой Бопре очень скоро привык к русской настойке и даже стал предпочитать её винам своего отечества, как не в пример более полезную для желудка. Мы тотчас поладили, и хотя по контракту обязан он был учить меня по-французски, по-немецки и всем наукам, но он предпочёл наскоро выучиться от меня кое-как болтать по-русски, — и потом каждый из нас занимался уже своим делом. Мы жили душа в душу. Другого ментора я и не желал. Но вскоре судьба нас разлучила, и вот по какому случаю:

Прачка Палашка, толстая и рябая девка, и кривая коровница Акулька как-то согласились в одно время кинуться матушке в ноги, винясь в преступной слабости и с плачем жалуясь на мусье, обольстившего их неопытность. Матушка шутить этим не любила и пожаловалась батюшке. У него расправа была коротка. Он тотчас потребовал каналью француза. Доложили, что мусье давал мне свой урок. Батюшка пошёл в мою комнату. В это время Бопре спал на кровати сном невинности. Я был занят делом. Надобно знать, что для меня выписана была из Москвы географическая карта. Она висела на стене безо всякого употребления и давно соблазняла меня шири-

[1] чтобы стать учителем *(франц.)*.

ною и добротою бумаги. Я решился сделать из неё змей и, пользуясь сном Бопре, принялся за работу. Батюшка вошёл в то самое время, как я прилаживал мочальный хвост к Мысу Доброй Надежды.

Увидя мои упражнения в географии, батюшка дёрнул меня за ухо, потом подбежал к Бопре, разбудил его очень неосторожно и стал осыпать укоризнами. Бопре в смятении хотел было привстать и не мог: несчастный француз был мертво пьян. Семь бед, один ответ. Батюшка за ворот приподнял его с кровати, вытолкал из дверей и в тот же день прогнал со двора, к неописанной радости Савельича. Тем и кончилось моё воспитание.

Я жил недорослем, гоняя голубей и играя в чехарду с дворовыми мальчишками. Между тем минуло мне шестнадцать лет. Тут судьба моя переменилась.

Однажды осенью матушка варила в гостиной медовое варенье, а я, облизываясь, смотрел на кипучие пенки. Батюшка у окна читал Придворный календарь, ежегодно им получаемый. Эта книга имела всегда сильное на него влияние: никогда не перечитывал он её без особенного участия, и чтение это производило в нём всегда удивительное волнение желчи. Матушка, знавшая наизусть все его свычаи и обычаи, всегда старалась засунуть несчастную книгу как можно подалее, и таким образом Придворный календарь не попадался ему на глаза иногда по целым месяцам. Зато, когда он случайно его находил, то, бывало, по целым часам не выпускал уж из своих рук. Итак, батюшка читал Придворный календарь, изредка пожимая плечами и повторяя вполголоса: «Генерал-поручик!.. Он у меня в роте был сержантом!.. Обоих российских орденов кавалер!.. А давно ли мы...» Наконец батюшка швырнул календарь на диван и погрузился в задумчивость, не предвещавшую ничего доброго.

Вдруг он обратился к матушке: «Авдотья Васильевна, а сколько лет Петруше?»

— Да вот пошёл семнадцатый годок, — отвечала матушка. — Петруша родился в тот самый год, как окривела тётушка Настасья Герасимовна, и когда ещё...

«Добро, — прервал батюшка, — пора его в службу. Полно ему бегать по девичьим да лазить на голубятни».

Мысль о скорой разлуке со мною так поразила матушку, что она уронила ложку в кастрюльку, и слёзы потекли по её лицу. Напротив того, трудно описать моё восхищение. Мысль о службе сливалась во мне с мыслями о свободе, об удовольствиях петербургской жизни. Я воображал себя офицером гвардии, что, по мнению моему, было верхом благополучия человеческого.

Батюшка не любил ни переменять свои намерения, ни откладывать их исполнение. День отъезду моему был назначен. Накануне батюшка объявил, что намерен писать со мною к будущему моему начальнику, и потребовал пера и бумаги.

— Не забудь, Андрей Петрович, — сказала матушка, — поклониться и от меня князю Б.; я, дескать, надеюсь, что он не оставит Петрушу своими милостями.

— Что за вздор! — отвечал батюшка нахмурясь. — К какой стати стану я писать к князю Б.?

— Да ведь ты сказал, что изволишь писать к начальнику Петруши.

— Ну, а там что?

— Да ведь начальник Петрушин — князь Б. Ведь Петруша записан в Семёновский полк.

— Записан! А мне какое дело, что он записан? Петруша в Петербург не поедет. Чему научится он, служа в Петербурге? мотать да повесничать? Нет, пускай послужит он в армии, да потянет лямку, да понюхает пороху, да будет солдат, а не шаматон. Записан в гвардии! Где его пашпорт? подай его сюда.

Матушка отыскала мой паспорт, хранившийся в её шкатулке вместе с сорочкою, в которой меня крестили, и вручила его батюшке дрожащею рукою. Батюшка прочёл его со вниманием, положил перед собою на стол и начал своё письмо.

Любопытство меня мучило: куда ж отправляют меня, если уж не в Петербург? Я не сводил глаз с пера батюшкина, которое двигалось довольно медленно. Наконец он кончил, запечатал письмо в одном пакете с паспортом, снял очки и, подозвав меня, сказал: «Вот тебе письмо к Андрею Карловичу Р., моему старинному товарищу и другу. Ты едешь в Оренбург служить под его начальством».

Итак, все мои блестящие надежды рушились! Вместо весёлой петербургской жизни ожидала меня скука в стороне глухой и отдалённой. Служба, о которой за минуту думал я с таким восторгом, показалась мне тяжким несчастием. Но спорить было нечего! На другой день поутру подвезена была к крыльцу дорожная кибитка; уложили в неё чемодан, погребец с чайным прибором и узлы с булками и пирогами, последними знаками домашнего баловства. Родители мои благословили меня. Батюшка сказал мне: «Прощай, Пётр. Служи верно, кому присягнёшь; слушайся начальников; за их лаской не гоняйся; на службу не напрашивайся; от службы не отговаривайся; и помни пословицу: береги платье снову, а честь смолоду». Матушка в слезах наказывала мне беречь моё здоровье, а Савельичу смотреть за дитятей. Надели на меня заячий тулуп, а сверху лисью шубу. Я сел в кибитку с Савельичем и отправился в дорогу, обливаясь слезами.

В ту же ночь приехал я в Симбирск, где должен был пробыть сутки для закупки нужных вещей, что и было поручено Савельичу. Я остановился в трактире. Савельич с утра отправился по лавкам. Соскуча глядеть из окна на грязный переулок, я пошёл бродить по всем комнатам. Вошед в биллиардную, увидел я высокого барина лет тридцати пяти, с длинными чёрными усами, в халате, с кием в руке и с трубкой в зубах. Он играл с маркёром, который при выигрыше выпивал рюмку водки, а при проигрыше должен был лезть под биллиард на четверинках. Я стал смотреть на их игру. Чем долее она продолжалась, тем

прогулки на четверинках становились чаще, пока наконец маркёр остался под биллиардом. Барин произнёс над ним несколько сильных выражений в виде надгробного слова и предложил мне сыграть партию. Я отказался по неумению. Это показалось ему, по-видимому, странным. Он поглядел на меня как бы с сожалением; однако мы разговорились. Я узнал, что его зовут Иваном Ивановичем Зуриным, что он ротмистр ** гусарского полку и находится в Симбирске при приёме рекрут, а стоит в трактире. Зурин пригласил меня отобедать с ним вместе чем

Бог послал, по-солдатски. Я с охотою согласился. Мы сели за стол. Зурин пил много и потчевал и меня, говоря, что надобно привыкать ко службе; он рассказывал мне армейские анекдоты, от которых я со смеху чуть не валялся, и мы встали из-за стола совершенными приятелями. Тут вызвался он выучить меня играть на биллиарде. «Это, — говорил он, — необходимо для нашего брата служивого. В походе, например, придёшь в местечко — чем прикажешь заняться? Ведь не всё же бить жидов. Поневоле пойдёшь в трактир и станешь играть на биллиарде; а для того надобно уметь играть!» Я совершенно был убеждён и с большим прилежанием принялся за учение. Зурин громко ободрял меня, дивился моим быстрым успехам и, после нескольких уроков, предложил мне играть в деньги, по одному грошу, не для выигрыша, а так, чтоб только не играть даром, что, по его словам, самая скверная привычка. Я согласился и на то, а Зурин велел подать пуншу и уговорил меня попробовать, повторяя, что к службе надобно мне привыкать; а без пуншу что и служба!

Я послушался его. Между тем игра наша продолжалась. Чем чаще прихлёбывал я от моего стакана, тем становился отважнее. Шары поминутно летали у меня через борт; я горячился, бранил маркёра, который считал Бог ведает как, час от часу умножал игру, словом — вёл себя как мальчишка, вырвавшийся на волю. Между тем время прошло незаметно. Зурин взглянул на часы, положил кий и объявил мне, что я проиграл сто рублей. Это меня немножко смутило. Деньги мои были у Савельича. Я стал извиняться. Зурин меня прервал: «Помилуй! Не изволь и беспокоиться. Я могу и подождать, а покамест поедем к Аринушке».

Что прикажете? День я кончил так же беспутно, как и начал. Мы отужинали у Аринушки. Зурин поминутно мне подливал, повторяя, что надобно к службе привыкать. Встав из-за стола, я чуть держался на ногах; в полночь Зурин отвёз меня в трактир.

Савельич встретил нас на крыльце. Он ахнул, увидя несомненные признаки моего усердия к службе. «Что это, сударь, с тобою сделалось? — сказал он жалким го-

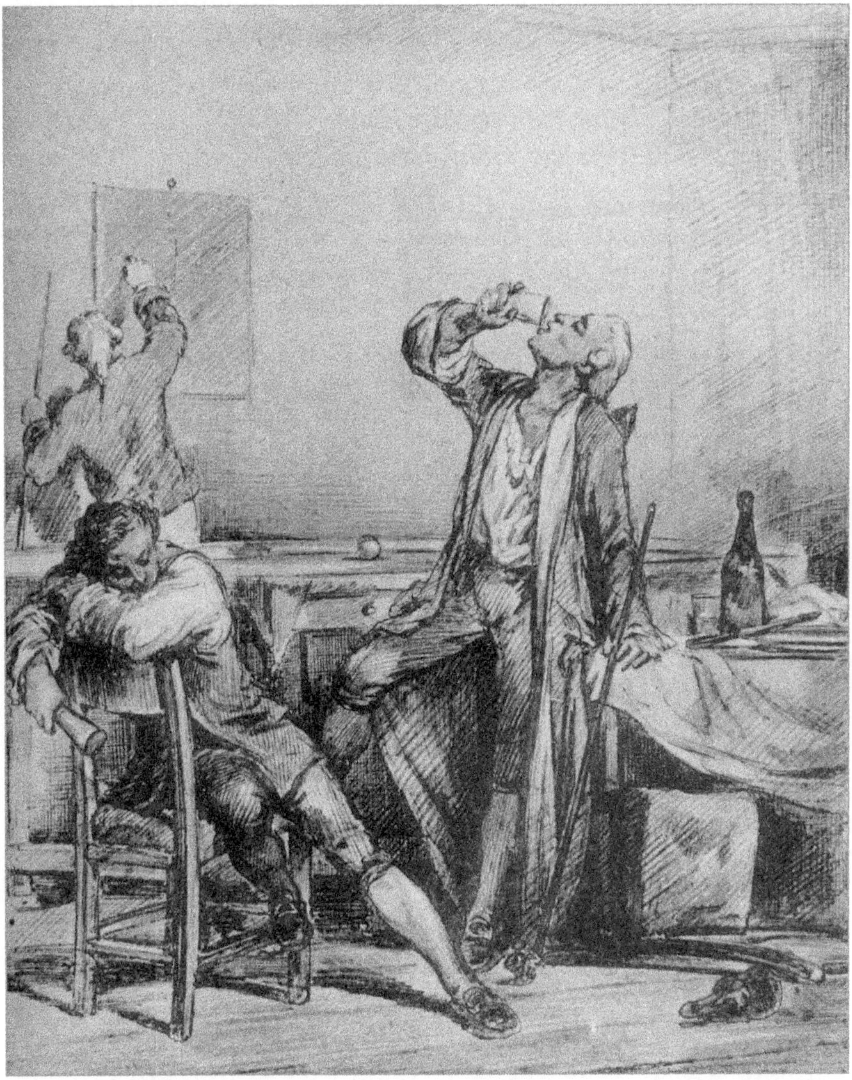

лосом, — где ты это нагрузился? Ахти Господи! отроду такого греха не бывало!» — «Молчи, хрыч! — отвечал я ему, запинаясь, — ты, верно, пьян, пошёл спать... и уложи меня».

На другой день я проснулся с головною болью, смутно припоминая себе вчерашние происшествия. Размышления мои прерваны были Савельичем, вошедшим ко мне с чашкою чая. «Рано, Пётр Андреич, — сказал он мне, качая головою, — рано начинаешь гулять. И в кого ты пошёл? Кажется, ни батюшка, ни дедушка пьяницами не бывали; о матушке и говорить нечего: отроду, кроме квасу, в рот ничего не изволила брать.

А кто всему виноват? проклятый мусье. То и дело, бывало, к Антипьевне забежит: «Мадам, же ву при, водкю». Вот тебе и же ву при! Нечего сказать: добру наставил, собачий сын. И нужно было нанимать в дядьки басурмана, как будто у барина не стало и своих людей!»

Мне было стыдно. Я отвернулся и сказал ему: «Поди вон, Савельич; я чаю не хочу». Но Савельича мудрено было унять, когда, бывало, примется за проповедь. «Вот видишь ли, Пётр Андреич, каково подгуливать. И головке-то тяжело, и кушать-то не хочется. Человек пьющий ни на что не годен... Выпей-ка огуречного рассолу с мёдом, а всего бы лучше опохмелиться полстаканчиком настойки. Не прикажешь ли?»

В это время мальчик вошёл и подал мне записку от И. И. Зурина. Я развернул её и прочёл следующие строки:

«Любезный Пётр Андреевич, пожалуйста пришли мне с моим мальчиком сто рублей, которые ты мне вчера проиграл. Мне крайняя нужда в деньгах.

Готовый ко услугам
Иван Зурин».

Делать было нечего. Я взял на себя вид равнодушный и, обратясь к Савельичу, который был *и денег, и белья, и дел моих рачитель,* приказал отдать мальчику сто рублей. «Как! зачем?» — спросил изумлённый Савельич. «Я их ему должен», — отвечал я со всевозможной холодностию. «Должен! — возразил Савельич, час от часу приведённый в большее изумление, — да когда же, сударь, успел ты ему задолжать? Дело что-то не ладно. Воля твоя, сударь, а денег я не выдам».

Я подумал, что если в сию решительную минуту не переспорю упрямого старика, то уж в последствии времени трудно мне будет освободиться от его опеки, и, взглянув на него гордо, сказал: «Я твой господин, а ты мой слуга. Деньги мои. Я их проиграл, потому что так мне вздумалось. А тебе советую не умничать и делать то, что тебе приказывают».

Савельич так был поражён моими словами, что сплеснул руками и остолбенел. «Что же ты стоишь!» — закричал я сердито. Савельич заплакал. «Батюшка Пётр Андреич, — произнёс он дрожащим голосом, — не умори меня с печали. Свет ты мой! послушай меня, старика: напиши этому разбойнику, что ты пошутил, что у нас и денег-то таких не водится. Сто рублей! Боже ты милостивый! Скажи, что тебе родители крепко-накрепко заказали не играть, окроме как в орехи...» — «Полно врать, — прервал я строго, — подавай сюда деньги или я тебя взашеи прогоню».

Савельич поглядел на меня с глубокой горестью и пошёл за моим долгом. Мне было жаль бедного старика; но я хотел вырваться на волю и доказать, что уж я не ребёнок. Деньги были доставлены Зурину. Савельич поспешил вывезти меня из проклятого трактира. Он явился с известием, что лошади готовы. С неспокойной совестию и с безмолвным раскаянием выехал я из Симбирска, не простясь с моим учителем и не думая с ним уже когда-нибудь увидеться.

Глава II
Вожатый

Сторона ль моя, сторонушка,
Сторона незнакомая!
Что не сам ли я на тебя зашёл,
Что не добрый ли да меня конь завёз:
Завезла меня, доброго молодца,
Прытость, бодрость молодецкая
И хмелинушка кабацкая.

Старинная песня

ДОРОЖНЫЕ размышления мои были не очень приятны. Проигрыш мой, по тогдашним ценам, был немаловажен. Я не мог не признаться в душе, что поведение моё в симбирском трактире было глупо, и чувствовал себя виноватым перед Савельичем. Всё это меня мучило. Старик угрюмо сидел на облучке, отворотясь от меня, и молчал, изредка только покрякивая. Я непременно хотел с ним помириться и не знал с чего начать. Наконец я сказал ему: «Ну, ну, Савельич! полно, помиримся, виноват; вижу сам, что виноват. Я вчера напроказил, а тебя напрасно обидел. Обещаюсь вперёд вести себя умнее и слушаться тебя. Ну, не сердись; помиримся».

— Эх, батюшка Пётр Андреич! — отвечал он с глубоким вздохом. — Сержусь-то я на самого себя; сам я кругом виноват. Как мне было оставлять тебя одного в трактире! Что делать? Грех попутал: вздумал забрести к дьячихе, повидаться с кумою. Так-то: зашёл к куме, да засел в тюрьме. Беда да и только!.. Как покажусь я на глаза господам? что скажут они, как узнают, что дитя пьёт и играет.

Чтоб утешить бедного Савельича, я дал ему слово впредь без его согласия не располагать ни одною копейкою. Он мало-помалу успокоился, хотя всё ещё изредка ворчал про себя, качая головою: «Сто рублей! легко ли дело!»

Я приближался к месту моего назначения. Вокруг меня простирались печальные пустыни, пересечённые холмами и оврагами. Всё покрыто было снегом. Солнце садилось. Кибитка ехала по узкой дороге, или точнее по следу, проложенному крестьянскими санями. Вдруг ямщик стал посматривать в сторону и наконец, сняв шапку, оборотился ко мне и сказал: «Барин, не прикажешь ли воротиться?»

— Это зачем?

— Время ненадёжно: ветер слегка подымается; вишь, как он сметает порошу.

— Что ж за беда!

— А видишь там что? (Ямщик указал кнутом на восток.)

— Я ничего не вижу, кроме белой степи да ясного неба.

— А вон — вон: это облачко.

Я увидел в самом деле на краю неба белое облачко, которое принял было сперва за отдалённый холмик. Ямщик изъяснил мне, что облачко предвещало буран.

Я слыхал о тамошних метелях и знал, что целые обозы бывали ими занесены. Савельич, согласно со мнением ямщика, советовал воротиться. Но ветер показался мне не силен; я понадеялся добраться заблаговременно до следующей станции и велел ехать скорее.

Ямщик поскакал; но всё поглядывал на восток. Лошади бежали дружно. Ветер между тем час от часу становился сильнее. Облачко обратилось в белую тучу, которая тяжело подымалась, росла и постепенно облегала небо. Пошёл мелкий снег — и вдруг повалил хлопьями. Ветер завыл; сделалась метель. В одно мгновение тёмное небо смешалось со снежным морем. Всё исчезло. «Ну, барин, — закричал ямщик, — беда: буран!»...

Я выглянул из кибитки: всё было мрак и вихорь. Ветер выл с такой свирепой выразительностию, что казался одушевлённым; снег засыпал меня и Савельича; лошади шли шагом — и скоро стали. «Что же ты не едешь?» — спросил я ямщика с нетерпением. «Да что ехать? — отвечал он, слезая с облучка, — невесть и так куда заехали: дороги нет, и мгла кругом». Я стал было его бранить. Савельич за него заступился: «И охота было не слушаться, — говорил он сердито, — воротился бы на постоялый двор, накушался бы чаю, почивал бы себе до утра, буря б утихла, отправились бы далее. И куда спешим? Добро бы на свадьбу!» Савельич был прав. Делать было нечего. Снег так и валил. Около кибитки подымался сугроб. Лошади стояли, понуря голову и изредка вздрагивая. Ямщик ходил кругом, от нечего делать улаживая упряжь. Савельич ворчал; я глядел во все стороны, надеясь увидеть хоть признак жила или дороги, но ничего не мог различить, кроме мутного кружения метели... Вдруг увидел я что-то чёрное. «Эй, ямщик! — закричал я, — смотри: что там такое чернеется?» Ямщик стал всматриваться. «А Бог знает, барин, — сказал он, садясь на своё место, — воз не воз, дерево не дерево, а кажется, что шевелится. Должно быть, или волк или человек».

Я приказал ехать на незнакомый предмет, который тотчас и стал подвигаться нам навстречу. Через две минуты мы поравнялись с человеком. «Гей, добрый человек! — закричал ему ямщик. — Скажи, не знаешь ли где дорога?»

— Дорога-то здесь; я стою на твёрдой полосе, — отвечал дорожный, — да что толку?

— Послушай, мужичок, — сказал я ему, — знаешь ли ты эту сторону? Возьмёшься ли ты довести меня до ночлега?

— Сторона мне знакомая, — отвечал дорожный, — слава Богу, исхожена и изъезжена вдоль и поперёк. Да, вишь, какая погода: как раз собьёшься с дороги. Лучше здесь остановиться да переждать, авось буран утихнет да небо прояснится: тогда найдём дорогу по звёздам.

Его хладнокровие ободрило меня. Я уж решился, предав себя Божией воле, ночевать посреди степи, как вдруг дорожный сел проворно на облучок и сказал ямщику: «Ну, слава Богу, жило недалеко; сворачивай вправо да поезжай».

— А почему мне ехать вправо? — спросил ямщик с неудовольствием. — Где ты видишь дорогу? Небось: лошади чужие, хомут не свой, погоняй не стой. — Ямщик казался мне прав. «В самом деле, — сказал я, — почему думаешь ты, что жило недалече?» — «А потому, что ветер оттоле потянул, — отвечал дорожный, — и я слышу, дымом пахнуло; знать, деревня близко». Сметливость его и тонкость чутья меня изумили. Я велел ямщику ехать. Лошади тяжело ступали по глубокому снегу. Кибитка тихо подвигалась, то въезжая на сугроб, то обрушаясь в овраг и переваливаясь то на одну, то на другую сторону. Это похоже было на плавание судна по бурному морю. Савельич охал, поминутно толкаясь о мои бока. Я опустил циновку, закутался в шубу и задремал, убаюканный пением бури и качкою тихой езды.

Мне приснился сон, которого никогда не мог я позабыть и в котором до сих пор вижу нечто пророческое, когда соображаю с ним странные обстоятельства моей жизни. Читатель извинит меня: ибо, вероятно, знает по опыту, как сродно человеку предаваться суеверию, несмотря на всевозможное презрение к предрассудкам.

Я находился в том состоянии чувств и души, когда существенность, уступая мечтаниям, сливается с ними в неясных видениях первосония. Мне казалось, буран ещё свирепствовал и мы ещё блуждали по снежной пустыне... Вдруг увидел я ворота и въехал на барский двор нашей усадьбы. Первою мыслию моею было опасение, чтоб батюшка не прогневался на меня за невольное возвращение под кровлю родительскую и не почёл бы его умышленным ослушанием. С беспокойством я выпрыгнул из кибитки и вижу: матушка встречает меня на крыльце с видом глубокого огорчения. «Тише, — говорит она мне, — отец болен при смерти и желает с тобою проститься». Поражённый страхом, я иду за нею в спальню. Вижу, комната слабо освещена; у постели стоят люди с печальными лицами. Я тихонько подхожу к постеле; матушка приподымает полог и говорит: «Андрей Петрович, Петруша приехал; он воротился, узнав о твоей болезни; благослови его». Я стал на колени и устремил глаза мои на больного. Что ж?.. Вместо отца моего вижу в постеле лежит мужик с чёрной бородою, весело на меня поглядывая. Я в недоумении оборотился к матушке, говоря ей: «Что это значит? Это не батюшка. И к какой мне стати просить благословения у мужика?» — «Всё равно, Петруша, — отвечала мне матушка, — это твой посажёный отец; поцелуй у него ручку, и пусть он тебя благословит...» Я не соглашался. Тогда мужик вскочил с постели, выхватил топор из-за спины и стал махать во все стороны. Я хотел бежать... и не мог; комната наполнилась мёртвыми телами; я спотыкался о тела и скользил в кровавых лужах... Страшный мужик ласково меня кликал, говоря: «Не бойсь, подойди под моё благословение...» Ужас и недоумение овладели мною... И в эту минуту я проснулся; лошади стояли; Савельич дёргал меня за руку, говоря: «Выходи, сударь: приехали».

— Куда приехали? — спросил я, протирая глаза.

— На постоялый двор. Господь помог, наткнулись прямо на забор. Выходи, сударь, скорее да обогрейся.

Я вышел из кибитки. Буран ещё продолжался, хотя с меньшею силою. Было так темно, что хоть глаз выколи. Хозяин встретил нас у ворот, держа фонарь под полою, и ввёл меня в горницу, тесную, но довольно чистую; лучина освещала её. На стене висела винтовка и высокая казацкая шапка.

Хозяин, родом яицкий казак, казался мужик лет шестидесяти, ещё свежий и бодрый. Савельич внёс за мною погребец, потребовал огня, чтоб готовить чай, который никогда так не казался мне нужен. Хозяин пошёл хлопотать.

— Где же вожатый? — спросил я у Савельича.

«Здесь, ваше благородие», — отвечал мне голос сверху. Я взглянул на полати и увидел чёрную бороду и два сверкающие глаза. «Что, брат, прозяб?» — «Как не прозябнуть в одном худеньком армяке! Был тулуп, да что

греха таить? заложил вечор у целовальника: мороз показался не велик». В эту минуту хозяин вошёл с кипящим самоваром; я предложил вожатому нашему чашку чаю; мужик слез с полатей. Наружность его показалась мне замечательна: он был лет сорока, росту среднего, худощав и широкоплеч. В чёрной бороде его показывалась проседь; живые большие глаза так и бегали. Лицо его имело выражение довольно приятное, но плутовское. Волоса были обстрижены в кружок; на нём был оборванный армяк и татарские шаровары. Я поднёс ему чашку чаю; он отведал и поморщился. «Ваше благородие, сделайте мне такую милость, — прикажите поднести стакан вина; чай не наше казацкое питьё». Я с охотой исполнил его желание. Хозяин вынул из ставца штоф и стакан, подошёл к нему и, взглянув ему в лицо: «Эхе, — сказал он, — опять ты в нашем краю! Отколе Бог принёс?» Вожатый мой мигнул значительно и отвечал поговоркою: «В огород летал, конопли клевал; швырнула бабушка камушком — да мимо. Ну, а что ваши?»

— Да что наши! — отвечал хозяин, продолжая иносказательный разговор. — Стали было к вечерне звонить, да попадья не велит: поп в гостях, черти на погосте. — «Молчи, дядя, — возразил мой бродяга, — будет дождик, будут и грибки; а будут грибки, будет и кузов. А теперь (тут он мигнул опять) заткни топор за спину: лесничий ходит. Ваше благородие! за ваше здоровье!» При сих словах он взял стакан, перекрестился и выпил одним духом. Потом поклонился мне и воротился на полати.

Я ничего не мог тогда понять из этого воровского разговора; но после уж догадался, что дело шло о делах Яицкого войска, в то время только что усмирённого после бунта 1772 года. Савельич слушал с видом большого неудовольствия. Он посматривал с подозрением то на хозяина, то на вожатого. Постоялый двор, или, по-тамошнему, *умет*, находился в стороне, в степи, далече от всякого селения, и очень походил на разбойническую пристань. Но делать было нечего. Нельзя было и подумать о продолжении пути. Беспокойство Савельича очень меня забавляло. Между тем я расположился ночевать и лёг на лавку. Савельич решился убраться на печь; хозяин лёг на полу. Скоро вся изба захрапела, и я заснул как убитый.

Проснувшись поутру довольно поздно, я увидел, что буря утихла. Солнце сияло. Снег лежал ослепительной пеленою на необозримой степи. Лошади были запряжены. Я расплатился с хозяином, который взял с нас такую умеренную плату, что даже Савельич с ним не заспорил и не стал торговаться по своему обыкновению, и вчерашние подозрения изгладились совершенно из головы его. Я позвал вожатого, благодарил за оказанную помочь и велел Савельичу дать ему полтину на водку. Савельич нахмурился. «Полтину на водку! — сказал он, — за что это? За то, что ты же изволил подвезти его к постоялому двору? Воля твоя, сударь: нет у нас лишних полтин. Всякому давать на водку, так самому скоро придётся голодать». Я не мог спорить с Савельичем. Деньги, по моему обещанию, находились в полном его распоряжении. Мне было досадно однако ж, что не мог отблагодарить человека, выручившего меня, если не из беды, то по крайней мере из очень неприятного положения. «Хорошо, — сказал я хладнокровно, — если не хочешь дать полтину, то вынь ему что-нибудь из моего платья. Он одет слишком легко. Дай ему мой заячий тулуп».

— Помилуй, батюшка Пётр Андреич! — сказал Савельич. — Зачем ему твой заячий тулуп? Он его пропьёт, собака, в первом кабаке.

— Это, старинушка, уж не твоя печаль, — сказал мой бродяга, — пропью ли я или нет. Его благородие мне жалует шубу со своего плеча: его на то барская воля, а твоё холопье дело не спорить и слушаться.

— Бога ты не боишься, разбойник! — отвечал ему Савельич сердитым голосом. — Ты видишь, что дитя ещё не смыслит, а ты и рад его обобрать, простоты его ради. Зачем тебе барский тулупчик? Ты и не напялишь его на свои окаянные плечища.

— Прошу не умничать, — сказал я своему дядьке, — сейчас неси сюда тулуп.

— Господи владыко! — простонал мой Савельич. — Заячий тулуп почти новёшенький! и добро бы кому, а то пьянице оголелому!

Однако заячий тулуп явился. Мужичок тут же стал его примеривать. В самом деле тулуп, из которого успел и я вырасти, был немножко для него узок. Однако он кое-как умудрился и надел его, распоров по швам. Савельич чуть не завыл, услышав, как нитки затрещали. Бродяга был чрезвычайно доволен моим подарком. Он проводил меня до кибитки и сказал с низким поклоном: «Спасибо, ваше благородие! Награди вас Господь за вашу добродетель. Век не забуду ваших милостей». Он пошёл в свою сторону, а я отправился далее, не обращая внимания на досаду Савельича, и скоро позабыл о вчерашней вьюге, о своём вожатом и о заячьем тулупе.

Приехав в Оренбург, я прямо явился к генералу. Я увидел мужчину росту высокого, но уже сгорбленного старостию. Длинные волосы его были совсем белы.

Старый полинялый мундир напоминал воина времён Анны Иоанновны, а в его речи сильно отзывался немецкий выговор. Я подал ему письмо от батюшки. При имени его он взглянул на меня быстро: «Поже мой! — сказал он. — Тавно ли, кажется, Андрей Петрович был ещё твоих лет, а теперь вот уш какой у него молотец! Ах, фремя, фремя!» Он распечатал письмо и стал читать его вполголоса, делая свои замечания. «Милостивый государь Андрей Карлович, надеюсь, что ваше превосходительство»... Это что за серемонии? Фуй, как ему не софестно! Конечно: дисциплина перво дело, но так ли пишут к старому камрад?.. «ваше превосходительство не забыло»... гм... «и... когда... покойным фельдмаршалом Мин... походе... также и... Каролинку»... Эхе, брудер! так он ещё помнит стары наши проказ? «Теперь о деле... К вам моего повесу»... гм... «держать в ежовых рукавицах»... Что такое ешовы рукавиц? Это, должно быть, русска поговорк... Что такое «дершать в ешовых рукавицах?» — повторил он, обращаясь ко мне.

— Это значит, — отвечал я ему с видом как можно более невинным, — обходиться ласково, не слишком строго, давать побольше воли, держать в ежовых рукавицах.

— Гм, понимаю... «и не давать ему воли»... нет, видно ешовы рукавицы значит не то... «При сём... его паспорт»... Где же он? А, вот... «отписать в Семёновский»...

Хорошо, хорошо: всё будет сделано... «Позволишь без чинов обнять себя и... старым товарищем и другом» — а! наконец догадался... и прочая и прочая... Ну, батюшка, — сказал он, прочитав письмо и отложив в сторону мой паспорт, — всё будет сделано: ты будешь офицером переведён в *** полк, и, чтоб тебе времени не терять, то завтра же поезжай в Белогорскую крепость, где ты будешь в команде капитана Миронова, доброго и честного человека. Там ты будешь на службе настоящей, научишься дисциплине. В Оренбурге делать тебе нечего; рассеяние вредно молодому человеку. А сегодня милости просим: отобедать у меня».

«Час от часу не легче! — подумал я про себя, — к чему послужило мне то, что ещё в утробе матери я был уже гвардии сержантом! Куда это меня завело? В *** полк и в глухую крепость на границу киргиз-кайсацких степей!..» Я отобедал у Андрея Карловича, втроём с его старым адъютантом. Строгая немецкая экономия царствовала за его столом, и я думаю, что страх видеть иногда лишнего гостя за своею холостою трапезою был отчасти причиною поспешного удаления моего в гарнизон. На другой день я простился с генералом и отправился к месту моего назначения.

Глава III
Крепость

Мы в фортеции живём,
Хлеб едим и воду пьём;
А как лютые враги
Придут к нам на пироги,
Зададим гостям пирушку:
Зарядим картечью пушку.

Солдатская песня

Старинные люди, мой батюшка.

Недоросль

БЕЛОГОРСКАЯ крепость находилась в сорока верстах от Оренбурга. Дорога шла по крутому берегу Яика. Река ещё не замерзала, и её свинцовые волны грустно чернели в однообразных берегах, покрытых белым снегом. За ними простирались киргизские степи. Я погрузился в размышления, большею частию печальные. Гарнизонная жизнь мало имела для меня привлекательности. Я старался вообразить себе капитана Миронова, моего будущего начальника, и представлял его строгим, сердитым стариком, не знающим ничего, кроме своей службы, и готовым за всякую безделицу сажать меня под арест на хлеб и на воду. Между тем начало смеркаться. Мы ехали довольно скоро. «Далече ли до крепости?» — спросил я у своего ямщика. «Недалече, — отвечал он. — Вон уж видна». Я глядел во все стороны, ожидая увидеть грозные бастионы, башни и вал; но ничего не видал, кроме деревушки, окружённой бревенчатым забором. С одной стороны стояли три или четыре скирда сена, полузанесённые снегом; с другой — скривившаяся мельница, с лубочными крыльями, лениво опущенными. «Где же крепость?» — спросил я с удивлением. «Да вот она», — отвечал ямщик, указывая на деревушку, и с этим словом мы в неё въехали. У ворот увидел я старую чугунную пушку; улицы были тесны и кривы; избы низки и большею частию покрыты соломою. Я велел ехать к коменданту, и через минуту кибитка остановилась перед деревянным домиком, выстроенным на высоком месте, близ деревянной же церкви.

Никто не встретил меня. Я пошёл в сени и отворил дверь в переднюю. Старый инвалид, сидя на столе, нашивал синюю заплату на локоть зелёного мундира. Я велел ему доложить обо мне. «Войди, батюшка, — отвечал инвалид, — наши дома». Я вошёл в чистенькую комнатку, убранную по-старинному. В углу стоял шкаф с посудой; на стене висел диплом офицерский за стеклом и в рамке; около него красовались лубочные картинки, представляющие взятие Кистрина и Очакова, также выбор невесты и погребение кота. У окна сидела старушка в телогрейке и с платком на голове. Она разматывала нитки, которые держал, распялив на руках, кривой старичок в офицерском мундире. «Что вам угодно, батюшка?» — спросила она, продолжая своё занятие. Я отвечал, что приехал на службу и явился по долгу своему к господину капитану, и с этим словом обратился было к кривому старичку, принимая его за коменданта; но хозяйка перебила затверженную мною речь. «Ивана Кузмича дома нет, — сказала она, — он пошёл в гости к отцу Герасиму; да всё равно, батюшка, я его хозяйка. Прошу любить и жаловать. Садись, батюшка». Она кликнула девку и велела ей позвать урядника.

Старичок своим одиноким глазом поглядывал на меня с любопытством. «Смею спросить, — сказал он, — вы в каком полку изволили служить?» Я удовлетворил его любопытству. «А смею спросить, — продолжал он, — зачем изволили вы перейти из гвардии в гарнизон?» Я отвечал, что такова была воля начальства. «Чаятельно,

за неприличные гвардии офицеру поступки», — продолжал неутомимый вопрошатель. «Полно врать пустяки, — сказала ему капитанша, — ты видишь, молодой человек с дороги устал; ему не до тебя... (держи-ка руки прямее...). А ты, мой батюшка, — продолжала она, обращаясь ко мне, — не печалься, что тебя упекли в наше захолустье. Не ты первый, не ты последний. Стерпится, слюбится. Швабрин Алексей Иваныч вот уж пятый год как к нам переведён за смертоубийство. Бог знает, какой грех его попутал; он, изволишь видеть, поехал за город с одним поручиком, да взяли с собою шпаги, да и ну друг в друга пырять; а Алексей Иваныч и заколол поручика, да ещё при двух свидетелях! Что прикажешь делать? На грех мастера нет».

В эту минуту вошёл урядник, молодой и статный казак. «Максимыч! — сказала ему капитанша. — Отведи господину офицеру квартиру, да почище». — «Слушаю, Василиса Егоровна, — отвечал урядник. — Не поместить ли его благородие к Ивану Полежаеву?» — «Врёшь, Максимыч, — сказала капитанша, — у Полежаева и так тесно; он же мне кум и помнит, что мы его начальники.

Отведи господина офицера... как ваше имя и отчество, мой батюшка? Пётр Андреич?.. Отведи Петра Андреича к Семёну Кузову. Он, мошенник, лошадь свою пустил ко мне в огород. Ну, что, Максимыч, всё ли благополучно?»

— Всё, слава Богу, тихо, — отвечал казак, — только капрал Прохоров подрался в бане с Устиньей Негулиной за шайку горячей воды.

— Иван Игнатьич! — сказала капитанша кривому старичку. — Разбери Прохорова с Устиньей, кто прав, кто виноват. Да обоих и накажи. Ну, Максимыч, ступай себе с Богом. Пётр Андреич, Максимыч отведёт вас на вашу квартиру.

Я откланялся. Урядник привёл меня в избу, стоявшую на высоком берегу реки, на самом краю крепости. Половина избы занята была семьёю Семёна Кузова, другую отвели мне. Она состояла из одной горницы довольно опрятной, разделённой надвое перегородкой. Савельич стал в ней распоряжаться; я стал глядеть в узенькое окошко. Передо мною простиралась печальная степь. Наискось стояло несколько избушек; по улице бродило несколько куриц. Старуха, стоя на крыльце с корытом, кликала свиней, которые отвечали ей дружелюбным хрюканьем. И вот в какой стороне осуждён я был проводить мою молодость! Тоска взяла меня; я отошёл от окошка и лёг спать без ужина, несмотря на увещания Савельича, который повторял с сокрушением: «Господи владыко! ничего кушать не изволит! Что скажет барыня, коли дитя занеможет?»

На другой день поутру я только что стал одеваться, как дверь отворилась, и ко мне вошёл молодой офицер невысокого роста, с лицом смуглым и отменно некрасивым, но чрезвычайно живым. «Извините меня, — сказал он мне по-французски, — что я без церемонии прихожу с вами познакомиться. Вчера узнал я о вашем приезде; желание увидеть наконец человеческое лицо так овладело мною, что я не вытерпел. Вы это поймёте, когда проживёте здесь ещё несколько времени». Я догадался, что это был офицер, выписанный из гвардии за поединок. Мы тотчас познакомились. Швабрин был очень не глуп. Разговор его был остёр и занимателен. Он с большой весёлостию описал мне семейство коменданта, его общество и край, куда завела меня судьба. Я смеялся от чистого сердца, как вошёл ко мне тот самый инвалид, который чинил мундир в передней коменданта, и от имени Василисы Егоровны позвал меня к ним обедать. Швабрин вызвался идти со мною вместе.

Подходя к комендантскому дому, мы увидели на площадке человек двадцать стареньких инвалидов с длинными косами и в треугольных шляпах. Они выстроены были во фрунт. Впереди стоял комендант, старик бодрый и высокого росту, в колпаке и в китайчатом халате. Увидя нас, он к нам подошёл, сказал мне несколько ласковых слов и стал опять командовать. Мы остановились было смотреть на учение; но он просил нас идти к Василисе Егоровне, обещаясь быть вслед за нами. «А здесь, — прибавил он, — нечего вам смотреть».

Василиса Егоровна приняла нас запросто и радушно и обошлась со мною как бы век была знакома. Инвалид и Палашка накрывали стол. «Что это мой Иван Кузмич сегодня так заучился! — сказала комендантша. — Палашка, позови барина обедать. Да где же Маша?» Тут вошла девушка лет осьмнадцати, круглолицая, румяная, с светло-русыми волосами, гладко зачёсанными за уши, которые у ней так и горели. С первого взгляда она не очень мне понравилась. Я смотрел на неё с предубеждением: Швабрин описал мне Машу, капитанскую дочь, совершенною дурочкою. Марья Ивановна села в угол и стала шить. Между тем подали щи. Василиса Егоровна, не видя мужа, вторично послала за ним Палашку. «Скажи барину: гости-де ждут, щи простынут; слава Богу, ученье не уйдёт; успеет накричаться». Капитан вскоре явился, сопровождаемый кривым старичком. «Что это, мой батюшка? — сказала ему жена. — Кушанье давным-давно подано, а тебя не дозовёшься». — «А слышь ты, Василиса Егоровна, — отвечал Иван Кузмич, — я был занят службой: солдатушек учил». — «И, полно! — возразила капитанша. — Только слава, что солдат учишь: ни им служба не даётся, ни ты в ней толку не ведаешь. Сидел бы дома да Богу молился; так было бы лучше. Дорогие гости, милости просим за стол».

Мы сели обедать. Василиса Егоровна не умолкала ни на минуту и осыпала меня вопросами: кто мои родители, живы ли они, где живут и каково их состояние? Услыша, что у батюшки триста душ крестьян, «легко ли! — сказала она, — ведь есть же на свете богатые люди! А у нас, мой батюшка, всего-то душ одна девка Палашка; да слава Богу, живём помаленьку. Одна беда: Маша; девка на выданье, а какое у ней приданое? частый гребень, да веник, да алтын денег (прости Бог!), с чем в баню сходить. Хорошо, коли найдётся добрый человек; а то сиди себе в девках вековечной невестою». Я взглянул на Марью Ивановну; она вся покраснела, и даже слёзы капнули на её тарелку. Мне стало жаль её, и я спешил переменить разговор. «Я слышал, — сказал я довольно некстати, — что на вашу крепость собираются напасть башкирцы». — «От кого, батюшка, ты изволил это слышать?» — спросил Иван Кузмич. «Мне так сказывали в Оренбурге», — отвечал я. «Пустяки! — сказал комендант. — У нас давно ничего не слыхать. Башкирцы — народ напуганный, да и киргизцы проучены. Небось на нас не сунутся; а насунутся, так я такую задам острастку, что лет на десять угомоню». — «И вам не страшно, — продолжал я, обращаясь к капитанше, — оставаться в крепости, подверженной таким опасностям?» — «Привычка, мой батюшка, — отвечала она. — Тому лет двадцать как нас из полка перевели сюда, и не приведи Господи, как я боялась проклятых этих нехристей! Как завижу, бывало, рысьи шапки, да как заслышу их визг, веришь ли, отец мой, сердце так и замрёт! А теперь так привыкла, что и с места не тронусь, как придут нам сказать, что злодеи около крепости рыщут».

— Василиса Егоровна прехрабрая дама, — заметил важно Швабрин. — Иван Кузмич может это засвидетельствовать.

— Да, слышь ты, — сказал Иван Кузмич, — баба-то не робкого десятка.

— А Марья Ивановна? — спросил я, — так же ли смела, как и вы?

— Смела ли Маша? — отвечала её мать. — Нет, Маша трусиха. До сих пор не может слышать выстрела из ружья: так и затрепещется. А как тому два года Иван Кузмич выдумал в мои именины палить из нашей пушки, так она, моя голубушка, чуть со страха на тот свет не отправилась. С тех пор уж и не палим из проклятой пушки.

Мы встали из-за стола. Капитан с капитаншею отправились спать; а я пошёл к Швабрину, с которым и провёл целый вечер.

Глава IV
Поединок

— Ин изволь, и стань же в позитуру.
Посмотришь, проколю как я твою фигуру!

Княжнин

ПРОШЛО несколько недель, и жизнь моя в Белогорской крепости сделалась для меня не только сносною, но даже и приятною. В доме коменданта был я принят как родной. Муж и жена были люди самые почтенные. Иван Кузмич, вышедший в офицеры из солдатских детей, был человек необразованный и простой, но самый честный и добрый. Жена его им управляла, что согласовалось с его беспечностию. Василиса Егоровна и на дела службы смотрела, как на свои хозяйские, и управляла крепостию так точно, как и своим домком. Марья Ивановна скоро перестала со мною дичиться. Мы познакомились. Я в ней нашёл благоразумную и чувствительную девушку. Незаметным образом я привязался к доброму семейству, даже к Ивану Игнатьичу, кривому гарнизонному поручику, о котором Швабрин выдумал, будто бы он был в непозволительной связи с Василисой Егоровной, что не имело и тени правдоподобия; но Швабрин о том не беспокоился.

Я был произведён в офицеры. Служба меня не отягощала. В богоспасаемой крепости не было ни смотров, ни учений, ни караулов. Комендант по собственной охоте учил иногда своих солдат; но ещё не мог добиться, чтобы все они знали, которая сторона правая, которая левая, хотя многие из них, дабы в том не ошибиться, перед каждым оборотом клали на себя знамение креста. У Швабрина было несколько французских книг. Я стал читать, и во мне пробудилась охота к литературе. По утрам я читал, упражнялся в переводах, а иногда и в сочинении стихов. Обедал почти всегда у коменданта, где обыкновенно проводил остаток дня и куда вечерком иногда являлся отец Герасим с женою Акулиной Памфиловной, первою вестовщицею во всём околотке. С А. И. Швабриным, разумеется, виделся я каждый день; но час от часу беседа его становилась для меня менее приятною. Всегдашние шутки его насчёт семьи коменданта мне очень не нравились, особенно колкие замечания о Марье Ивановне. Другого общества в крепости не было, но я другого и не желал.

Несмотря на предсказания, башкирцы не возмущались. Спокойствие царствовало вокруг нашей крепости. Но мир был прерван незапным междуусобием.

Я уже сказывал, что я занимался литературою. Опыты мои, для тогдашнего времени, были изрядны, и Александр Петрович Сумароков, несколько лет после, очень их похвалял. Однажды удалось мне написать песенку, которой был я доволен. Известно, что сочинители иногда, под видом требования советов, ищут благосклонного слушателя. Итак, переписав мою песенку, я понёс её к Швабрину, который один во всей крепости мог оценить произведения стихотворца. После маленького предисловия вынул я из кармана свою тетрадку и прочёл ему следующие стишки:

Мысль любовну истребляя,
Тщусь прекрасную забыть,
И ах, Машу избегая,
Мышлю вольность получить!

Но глаза, что мя пленили,
Всеминутно предо мной;
Они дух во мне смутили,
Сокрушили мой покой.

Ты, узнав мои напасти,
Сжалься, Маша, надо мной,
Зря меня в сей лютой части,
И что я пленён тобой.

— Как ты это находишь? — спросил я Швабрина, ожидая похвалы, как дани, мне непременно следуемой. Но, к великой моей досаде, Швабрин, обыкновенно снисходительный, решительно объявил, что песня моя нехороша.

— Почему так? — спросил я его, скрывая свою досаду.

— Потому, — отвечал он, — что такие стихи достойны учителя моего, Василья Кирилыча Тредьяковского, и очень напоминают мне его любовные куплетцы.

Тут он взял от меня тетрадку и начал немилосердно разбирать каждый стих и каждое слово, издеваясь надо мной самым колким образом. Я не вытерпел, вырвал из рук его мою тетрадку и сказал, что уж отроду не покажу ему своих сочинений. Швабрин посмеялся и над этой угрозою. «Посмотрим, — сказал он, — сдержишь ли ты своё слово: стихотворцам нужен слушатель, как Ивану Кузмичу графинчик водки перед обедом. А кто эта Маша, перед которой изъясняешься в нежной страсти и в любовной напасти? Уж не Марья ль Ивановна?»

— Не твоё дело, — отвечал я нахмурясь, — кто бы ни была эта Маша. Не требую ни твоего мнения, ни твоих догадок.

— Ого! Самолюбивый стихотворец и скромный любовник! — продолжал Швабрин, час от часу более раздражая меня, — но послушай дружеского совета: коли ты хочешь успеть, то советую действовать не песенками.

— Что это, сударь, значит? Изволь объясниться.

— С охотою. Это значит, что ежели хочешь, чтоб Маша Миронова ходила к тебе в сумерки, то вместо нежных стишков подари ей пару серёг.

Кровь моя закипела.

— А почему ты об ней такого мнения? — спросил я, с трудом удерживая своё негодование.

— А потому, — отвечал он с адской усмешкою, — что знаю по опыту её нрав и обычай.

— Ты лжёшь, мерзавец! — вскричал я в бешенстве, — ты лжёшь самым бесстыдным образом.

Швабрин переменился в лице.

— Это тебе так не пройдёт, — сказал он, стиснув мне руку. — Вы мне дадите сатисфакцию.

— Изволь; когда хочешь! — отвечал я, обрадовавшись. В эту минуту я готов был растерзать его.

Я тотчас отправился к Ивану Игнатьичу и застал его с иголкою в руках: по препоручению комендантши он нанизывал грибы для сушенья на зиму. «А, Пётр Андреич! — сказал он, увидя меня, — добро пожаловать! Как это вас Бог принёс? по какому делу, смею спросить?» Я в коротких словах объяснил ему, что я поссорился с Алексеем Иванычем, а его, Ивана Игнатьича, прошу быть моим секундантом. Иван Игнатьич выслушал меня со вниманием, вытараща на меня свой единственный глаз. «Вы изволите говорить, — сказал он мне, — что хотите Алексея Иваныча заколоть и желаете, чтоб я при том был свидетелем? Так ли? смею спросить».

— Точно так.

— Помилуйте, Пётр Андреич! Что это вы затеяли! Вы с Алексеем Иванычем побранились? Велика беда! Брань на вороту не виснет. Он вас побранил, а вы его выругайте; он вас в рыло, а вы его в ухо, в другое, в третье — и разойдитесь; а мы вас уж помирим. А то: доброе ли дело заколоть своего ближнего, смею спросить? И добро б уж закололи вы его: Бог с ним, с Алексеем Иванычем; я и сам до него не охотник. Ну, а если он вас просверлит? На что это будет похоже? Кто будет в дураках, смею спросить?

Рассуждения благоразумного поручика не поколебали меня. Я остался при своём намерении. «Как вам угодно, — сказал Иван Игнатьич, — делайте как разумеете. Да зачем же мне тут быть свидетелем? К какой стати? Люди дерутся, что за невидальщина, смею спросить? Слава Богу, ходил я под шведа и под турку: всего насмотрелся».

Я кое-как стал изъяснять ему должность секунданта, но Иван Игнатьич никак не мог меня понять. «Воля ваша, — сказал он. — Коли уж мне и вмешаться в это дело, так разве пойти к Ивану Кузмичу да донести ему по долгу службы, что в фортеции умышляется злодействие, противное казённому интересу: не благоугодно ли будет господину коменданту принять надлежащие меры...»

Я испугался и стал просить Ивана Игнатьича ничего не сказывать коменданту; насилу его уговорил; он дал мне слово, и я решился от него отступиться.

Вечер провёл я, по обыкновению своему, у коменданта. Я старался казаться весёлым и равнодушным, дабы не подать никакого подозрения и избегнуть докучных вопросов; но, признаюсь, я не имел того хладнокровия, которым хвалятся почти всегда те, которые находились в моём положении. В этот вечер я расположен был к нежности и к умилению. Марья Ивановна нравилась мне более обыкновенного. Мысль, что, может быть, вижу её в последний раз, придавала ей в моих глазах что-то трогательное. Швабрин явился тут же. Я отвёл его в сторону и уведомил его о своём разговоре с Иваном Игнатьичем. «Зачем нам секунданты, — сказал он мне сухо, — без них обойдёмся». Мы условились драться за скирдами, что находились подле крепости, и явиться туда на другой день в седьмом часу утра. Мы разговаривали, по-видимому, так дружелюбно, что Иван Игнатьич от радости проболтался.

«Давно бы так, — сказал он мне с довольным видом, — худой мир лучше доброй ссоры, а и нечестен, так здоров».

— Что, что, Иван Игнатьич? — сказала комендантша, которая в углу гадала в карты, — я не вслушалась.

Иван Игнатьич, заметив во мне знаки неудовольствия и вспомня своё обещание, смутился и не знал, что отвечать. Швабрин подоспел к нему на помощь.

— Иван Игнатьич, — сказал он, — одобряет нашу мировую.

— А с кем это, мой батюшка, ты ссорился?

— Мы было поспорили довольно крупно с Петром Андреичем.

— За что так?

— За сущую безделицу: за песенку, Василиса Егоровна.

— Нашли за что ссориться! за песенку!.. да как же это случилось?

— Да вот как: Пётр Андреич сочинил недавно песню и сегодня запел её при мне, а я затянул мою любимую:

Капитанская дочь,
Не ходи гулять в полночь...

Вышла разладица. Пётр Андреич было и рассердился; но потом рассудил, что всяк волен петь, что кому угодно. Тем и дело кончилось.

Бесстыдство Швабрина чуть меня не взбесило; но никто, кроме меня, не понял грубых его обиняков; по крайней мере, никто не обратил на них внимания. От песенок разговор обратился к стихотворцам, и комендант заметил, что все они люди беспутные и горькие пьяницы, и дружески советовал мне оставить стихотворство, как дело службе противное и ни к чему доброму не доводящее.

Присутствие Швабрина было мне несносно. Я скоро простился с комендантом и с его семейством; пришед домой, осмотрел свою шпагу, попробовал её конец и лёг спать, приказав Савельичу разбудить меня в седьмом часу.

На другой день в назначенное время я стоял уже за скирдами, ожидая моего противника. Вскоре и он явился. «Нас могут застать, — сказал он мне, — надобно поспешить». Мы сняли мундиры, остались в одних камзолах и обнажили шпаги. В эту минуту из-за скирда вдруг появился Иван Игнатьич и человек пять инвалидов. Он потребовал нас к коменданту. Мы повиновались с досадою; солдаты нас окружили, и мы отправились в крепость вслед за Иваном Игнатьичем, который вёл нас в торжестве, шагая с удивительной важностию.

Мы вошли в комендантский дом. Иван Игнатьич отворил двери, провозгласив торжественно: «привёл!»

Нас встретила Василиса Егоровна. «Ах, мои батюшки! На что это похоже? как? что? в нашей крепости заводить смертоубийство! Иван Кузмич, сейчас их под арест! Пётр Андреич! Алексей Иваныч! подавайте сюда ваши шпаги, подавайте, подавайте. Палашка, отнеси эти шпаги в чулан. Пётр Андреич! Этого я от тебя не ожидала. Как тебе не совестно? Добро Алексей Иваныч: он за душегубство и из гвардии выписан, он и в Господа Бога не верует; а ты-то что? туда же лезешь?»

Иван Кузмич вполне соглашался с своею супругою и приговаривал: «А слышь ты, Василиса Егоровна правду говорит. Поединки формально запрещены в воинском артикуле». Между тем Палашка взяла у нас наши шпаги и отнесла в чулан. Я не мог не засмеяться. Швабрин сохранил свою важность. «При всём моём уважении к вам, — сказал он ей хладнокровно, — не могу не заметить, что напрасно вы изволите беспокоиться, подвергая нас вашему суду. Предоставьте это Ивану Кузмичу: это его дело». — «Ах! мой батюшка! — возразила комендантша, — да разве муж и жена не един дух и едина плоть? Иван Кузмич! Что ты зеваешь? Сейчас рассади их по разным углам на хлеб да на воду, чтоб у них дурь-то прошла; да пусть отец Герасим наложит на них эпитимию, чтоб молили у Бога прощения да каялись перед людьми».

Иван Кузмич не знал, на что решиться. Марья Ивановна была чрезвычайно бледна. Мало-помалу буря утихла; комендантша успокоилась и заставила нас друг друга поцеловать. Палашка принесла нам наши шпаги. Мы вышли от коменданта по-видимому примирённые. Иван Игнатьич нас сопровождал. «Как вам не стыдно было, — сказал я ему сердито, — доносить на нас коменданту после того, как дали мне слово того не делать?» — «Как Бог свят, я Ивану Кузмичу того не говорил, — отвечал он, — Василиса Егоровна выведала всё от меня. Она всем и распорядилась без ведома коменданта. Впрочем, слава Богу, что всё так кончилось». С этим словом он повернул домой, а Швабрин и я остались наедине. «Наше дело этим кончиться не может», — сказал я ему. «Конечно, — отвечал Швабрин, — вы своею кровью будете отвечать мне за вашу дерзость; но за нами, вероятно, станут присматривать. Несколько дней нам должно будет притворяться. До свидания!» И мы расстались как ни в чём не бывали.

Возвратясь к коменданту, я, по обыкновению своему, подсел к Марье Ивановне. Ивана Кузмича не было дома; Василиса Егоровна занята была хозяйством. Мы разговаривали вполголоса. Марья Ивановна с нежностию выговаривала мне за беспокойство, причинённое всем моею ссорою с Швабриным. «Я так и обмерла, — сказала она, — когда сказали нам, что вы намерены биться на шпагах. Как мужчины странны! За одно слово, о котором через неделю верно б они позабыли, они готовы резаться и жертвовать не только жизнию, но и совестию, и благополучием тех, которые... Но я уверена, что не вы зачинщик ссоры. Верно, виноват Алексей Иваныч».

— А почему же вы так думаете, Марья Ивановна?

— Да так... он такой насмешник! Я не люблю Алексея Иваныча. Он очень мне противен; а странно: ни за что б я не хотела, чтоб и я ему так же не нравилась. Это меня беспокоило бы страх.

— А как вы думаете, Марья Ивановна? Нравитесь ли вы ему или нет?

Марья Ивановна заикнулась и покраснела.

— Мне кажется, — сказала она, — я думаю, что нравлюсь.

— Почему же вам так кажется?

— Потому что он за меня сватался.

— Сватался! Он за вас сватался? Когда же?

— В прошлом году. Месяца два до вашего приезда.

— И вы не пошли?

— Как изволите видеть. Алексей Иваныч, конечно, человек умный, и хорошей фамилии, и имеет состояние; но как подумаю, что надобно будет под венцом при всех с ним поцеловаться... Ни за что! ни за какие благополучия!

Слова Марьи Ивановны открыли мне глаза и объяснили мне многое. Я понял упорное злоречие, которым Швабрин её преследовал. Вероятно, замечал он нашу взаимную склонность и старался отвлечь нас друг от друга. Слова, подавшие повод к нашей ссоре, показались мне ещё более гнусными, когда, вместо грубой и непристойной насмешки, увидел я в них обдуманную клевету. Желание наказать дерзкого злоязычника сделалось во мне ещё сильнее, и я с нетерпением стал ожидать удобного случая.

Я дожидался недолго. На другой день, когда сидел я за элегией и грыз перо в ожидании рифмы, Швабрин постучался под моим окошком. Я оставил перо, взял шпагу и к нему вышел. «Зачем откладывать? — сказал мне Швабрин, — за нами не смотрят. Сойдём к реке. Там никто нам не помешает». Мы отправились молча. Спустясь по крутой тропинке, мы остановились у самой реки и обнажили шпаги. Швабрин был искуснее меня, но я сильнее и смелее, и monsieur Бопре, бывший некогда солдатом, дал мне несколько уроков в фехтовании, которыми я и воспользовался. Швабрин не ожидал найти во мне столь опасного противника. Долго мы не могли сделать друг другу никакого вреда; наконец, приметя, что Швабрин ослабевает, я стал с живостию на него наступать и загнал его почти в самую реку. Вдруг услышал я своё имя, громко произнесённое. Я оглянулся и увидел Савельича, сбегающего ко мне по нагорной тропинке... В это самое время меня сильно кольнуло в грудь пониже правого плеча; я упал и лишился чувств.

Глава V
Любовь

Ах ты, девка, девка красная!
Не ходи, девка, молода замуж;
Ты спроси, девка, отца, матери,
Отца, матери, роду-племени;
Накопи, девка, ума-разума,
Ума-разума, приданова.

Песня народная

Буде лучше меня найдёшь, позабудешь.
Если хуже меня найдёшь, воспомянешь.

То же

Очнувшись, я несколько времени не мог опомниться и не понимал, что со мною сделалось. Я лежал на кровати, в незнакомой горнице, и чувствовал большую слабость. Передо мною стоял Савельич со свечкою в руках. Кто-то бережно развивал перевязи, которыми грудь и плечо были у меня стянуты. Мало-помалу мысли мои прояснились. Я вспомнил свой поединок и догадался, что был ранен. В эту минуту скрыпнула дверь. «Что? Каков?» — произнёс пошепту голос, от которого я затрепетал. «Все в одном положении, — отвечал Савельич со вздохом, — все без памяти вот уже пятые сутки». Я хотел оборотиться, но не мог. «Где я? кто здесь?» — сказал я с усилием. Марья Ивановна подошла к моей кровати и наклонилась ко мне. «Что? как вы себя чувствуете?» — сказала она. «Слава Богу, — отвечал я слабым голосом. — Это вы, Марья Ивановна? скажите мне...» Я не в силах был продолжать и замолчал. Савельич ахнул. Радость изобразилась на его лице. «Опомнился! опомнился! — повторял он. — Слава тебе, владыко! Ну, батюшка Пётр Андреич! напугал ты меня! легко ли? пятые сутки!..» Марья Ивановна перервала его речь. «Не говори с ним много, Савельич, — сказала она. — Он ещё слаб». Она вышла и тихонько притворила дверь. Мысли мои волновались. Итак, я был в доме коменданта, Марья Ивановна входила ко мне. Я хотел сделать Савельичу некоторые вопросы, но старик замотал головою и заткнул себе уши. Я с досадою закрыл глаза и вскоре забылся сном.

Проснувшись, подозвал я Савельича и вместо его увидел перед собою Марью Ивановну; ангельский голос её меня приветствовал. Не могу выразить сладостного чувства, овладевшего мною в эту минуту. Я схватил её руку и прильнул к ней, обливая слезами умиления.

Маша не отрывала её... и вдруг её губки коснулись моей щеки, и я почувствовал их жаркий и свежий поцелуй. Огонь пробежал по мне. «Милая, добрая Марья Ивановна, — сказал я ей, — будь моею женою, согласись на моё счастие». Она опомнилась. «Ради Бога успокойтесь, — сказала она, отняв у меня свою руку. — Вы ещё

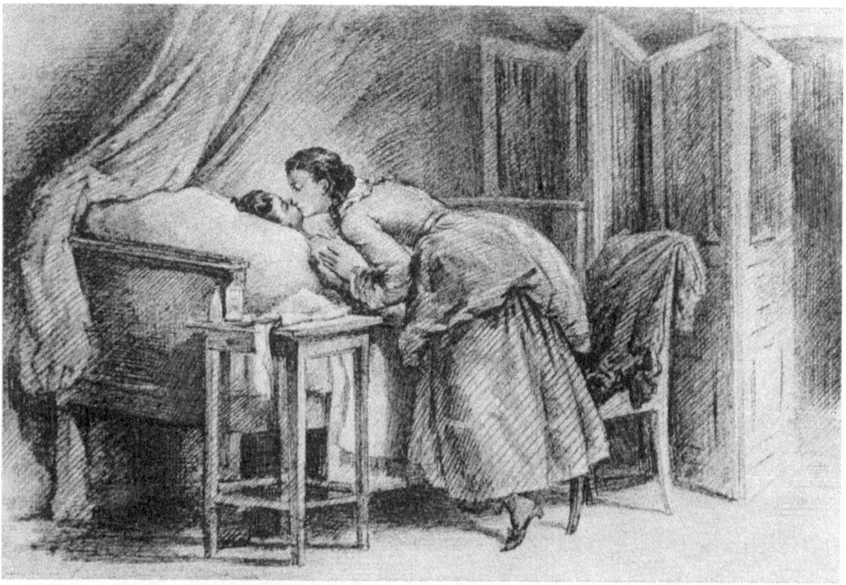

в опасности: рана может открыться. Поберегите себя хоть для меня». С этим словом она ушла, оставя меня в упоении восторга. Счастие воскресило меня. Она будет моя! она меня любит! Эта мысль наполняла всё моё существование.

С той поры мне час от часу становилось лучше. Меня лечил полковой цирюльник, ибо в крепости другого лекаря не было, и, слава Богу, не умничал. Молодость и природа ускорили моё выздоровление. Всё семейство коменданта за мною ухаживало. Марья Ивановна от меня не отходила. Разумеется, при первом удобном случае я принялся за прерванное объяснение, и Марья Ивановна выслушала меня терпеливее. Она безо всякого жеманства призналась мне в сердечной склонности и сказала, что её родители, конечно, рады будут её счастию. «Но подумай хорошенько, — прибавила она, — со стороны твоих родных не будет ли препятствия?»

Я задумался. В нежности матушкиной я не сомневался, но, зная нрав и образ мыслей отца, я чувствовал, что любовь моя не слишком его тронет и что он будет на неё смотреть как на блажь молодого человека. Я чистосердечно признался в том Марье Ивановне и решился, однако, писать к батюшке как можно красноречивее, прося родительского благословения. Я показал письмо Марье Ивановне, которая нашла его столь убедительным и трогательным, что не сомневалась в успехе его и предалась чувствам нежного своего сердца со всею доверчивостию молодости и любви.

Со Швабриным я помирился в первые дни моего выздоровления. Иван Кузмич, выговаривая мне за поединок, сказал мне: «Эх, Пётр Андреич! надлежало бы мне посадить тебя под арест, да ты уж и без того наказан. А Алексей Иваныч у меня таки сидит в хлебном магазине под караулом, и шпага его под замком у Василисы Егоровны. Пускай он себе надумается да раскается». Я слишком был счастлив, чтоб хранить в сердце чувство неприязненное. Я стал просить за Швабрина, и добрый комендант, с согласия своей супруги, решился его освободить. Швабрин пришёл ко мне; он изъявил глубокое сожаление о том, что случилось между нами; признался, что был кругом виноват, и просил меня забыть о прошедшем. Будучи от природы не злопамятен, я искренно простил ему и нашу ссору и рану, мною от него полученную. В клевете его видел я досаду оскорблённого самолюбия и отвергнутой любви и великодушно извинял своего несчастного соперника.

Вскоре я выздоровел и мог перебраться на мою квартиру. С нетерпением ожидал я ответа на посланное письмо, не смея надеяться и стараясь заглушить печальные предчувствия. С Василисой Егоровной и с её мужем я ещё не объяснялся; но предложение моё не должно было их удивить. Ни я, ни Марья Ивановна не старались скрывать от них свои чувства, и мы заранее были уж уверены в их согласии.

Наконец однажды утром Савельич вошёл ко мне, держа в руках письмо. Я схватил его с трепетом. Адрес был написан рукою батюшки. Это приуготовило меня к чему-то важному, ибо обыкновенно письма писала ко мне матушка, а он в конце приписывал несколько строк. Долго не распечатывал я пакета и перечитывал торжественную надпись: «Сыну моему Петру Андреевичу Гринёву, в Оренбургскую губернию, в Белогорскую крепость». Я старался по почерку угадать расположение духа, в котором писано было письмо; наконец решился его распечатать и с первых строк увидел, что всё дело пошло к чёрту. Содержание письма было следующее:

«Сын мой Пётр! Письмо твоё, в котором просишь ты нас о родительском нашем благословении и согласии на брак с Марьей Ивановой дочерью Мироновой, мы получили 15-го сего месяца, и не только ни моего благословения, ни моего согласия дать я тебе не намерен, но ещё и собираюсь до тебя добраться да за проказы твои проучить тебя путём, как мальчишку, несмотря на твой офицерский чин: ибо ты доказал, что шпагу носить ещё недостоин, которая пожалована тебе на защиту отечества, а не для дуелей с такими же сорванцами, каков ты сам. Немедленно буду писать к Андрею Карловичу, прося его перевести тебя из Белогорской крепости куда-нибудь подальше, где бы дурь у тебя прошла. Матушка твоя, узнав о твоём поединке и о том, что ты ранен, с горести занемогла и теперь лежит. Что из тебя будет? Молю Бога, чтоб ты исправился, хоть и не смею надеяться на его великую милость.

Отец твой А. Г.»

Чтение сего письма возбудило во мне разные чувствования. Жестокие выражения, на которые батюшка не поскупился, глубоко оскорбили меня. Пренебрежение, с каким он упоминал о Марье Ивановне, казалось мне столь же непристойным, как и несправедливым.

Мысль о переведении моём из Белогорской крепости меня ужасала, но всего более огорчило меня известие о болезни матери. Я негодовал на Савельича, не сомневаясь, что поединок мой стал известен родителям через него. Шагая взад и вперёд по тесной моей комнате, я остановился перед ним и сказал, взглянув на него грозно: «Видно тебе не довольно, что я, благодаря тебя, ранен и целый месяц был на краю гроба: ты и мать мою хочешь уморить». Савельич был поражён как громом. «Помилуй, сударь, — сказал он, чуть не зарыдав, — что это изволишь говорить? Я причина, что ты был ранен! Бог видит, бежал я заслонить тебя своею грудью от шпаги Алексея Иваныча! Старость проклятая помешала. Да что ж я сделал матушке-то твоей?» — «Что ты сделал? — отвечал я. — Кто просил тебя писать на меня доносы? разве ты приставлен ко мне в шпионы?» — «Я? писал на тебя доносы? — отвечал Савельич со слезами. — Господи царю небесный! Так изволь-ка прочитать, что пишет ко мне барин: увидишь, как я доносил на тебя». Тут он вынул из кармана письмо, и я прочёл следующее:

«Стыдно тебе, старый пёс, что ты, невзирая на мои строгие приказания, мне не донёс о сыне моём Петре Андреевиче и что посторонние принуждены уведомлять меня о его проказах. Так ли исполняешь ты свою должность и господскую волю? Я тебя, старого пса! пошлю

свиней пасти за утайку правды и потворство к молодому человеку. С получением сего приказываю тебе немедленно отписать ко мне, каково теперь его здоровье, о котором пишут мне, что поправилось; да в какое именно место он ранен и хорошо ли его залечили».

Очевидно было, что Савельич передо мною был прав и что я напрасно оскорбил его упрёком и подозрением. Я просил у него прощения; но старик был неутешен. «Вот до чего я дожил, — повторял он, — вот каких милостей дослужился от своих господ! Я и старый пёс, и свинопас, да я ж и причина твоей раны? Нет, батюшка Пётр Андреич! не я, проклятый мусье всему виноват: он научил тебя тыкаться железными вертелами да притопывать, как будто тыканием да топанием убережёшься от злого человека! Нужно было нанимать мусье да тратить лишние деньги!»

Но кто же брал на себя труд уведомить отца моего о моём поведении? Генерал? Но он, казалось, обо мне не слишком заботился; а Иван Кузмич не почёл за нужное рапортовать о моём поединке. Я терялся в догадках. Подозрения мои остановились на Швабрине. Он один имел выгоду в доносе, коего следствием могло быть удаление моё из крепости и разрыв с комендантским семейством. Я пошёл объявить обо всём Марье Ивановне. Она встретила меня на крыльце. «Что это с вами сделалось? — сказала она, увидев меня. — Как вы бледны!» — «Всё кончено!» — отвечал я и отдал ей батюшкино письмо. Она побледнела в свою очередь. Прочитав, она возвратила мне письмо дрожащею рукою и сказала дрожащим голосом: «Видно, мне не судьба... Родные ваши не хотят меня в свою семью. Буди во всём воля Господня! Бог лучше нашего знает, что нам надобно. Делать нечего, Пётр Андреич; будьте хоть вы счастливы...» — «Этому не бывать! — вскричал я, схватив её за руку, — ты меня любишь; я готов на всё. Пойдём, кинемся в ноги к твоим родителям; они люди простые, не жестокосердые гордецы... Они нас благословят; мы обвенчаемся... а там, со временем, я уверен, мы умолим отца моего; матушка будет за нас; он меня простит...» — «Нет, Пётр Андреич, — отвечала Маша, — я не выйду за тебя без благословения твоих родителей. Без их благословения не будет тебе счастия. Покоримся воле Божией. Коли найдёшь себе суженую, коли полюбишь другую — Бог с тобою, Пётр Андреич; а я за вас обоих...» Тут она заплакала и ушла от меня; я хотел было войти за нею в комнату, но чувствовал, что был не в состоянии владеть самим собою, и воротился домой.

Я сидел погружённый в глубокую задумчивость, как вдруг Савельич прервал мои размышления. «Вот, сударь, — сказал он, подавая мне исписанный лист бумаги, — посмотри, доносчик ли я на своего барина и стараюсь ли я помутить сына с отцом.» Я взял из рук его бумагу: это был ответ Савельича на полученное им письмо. Вот он от слова до слова:

«Государь Андрей Петрович, отец наш милостивый!

Милостивое писание ваше я получил, в котором изволишь гневаться на меня, раба вашего, что-де стыдно мне не исполнять господских приказаний; а я, не старый пёс, а верный ваш слуга, господских приказаний слушаюсь и усердно вам всегда служил и дожил до седых волос. Я ж про рану Петра Андреича ничего к вам не писал, чтоб не испужать понапрасну, и, слышно, барыня, мать наша Авдотья Васильевна и так с испугу слегла, и за её здоровье Бога буду молить.

А Пётр Андреич ранен был под правое плечо, в грудь под самую косточку, в глубину на полтора вершка, и лежал он в доме у коменданта, куда принесли мы его с берега, и лечил его здешний цирюльник Степан Парамонов; и теперь Пётр Андреич, слава Богу, здоров, и про него, кроме хорошего, нечего и писать. Командиры, слышно, им довольны; а у Василисы Егоровны он как родной сын. А что с ним случилась такая оказия, то быль молодцу не укора: конь и о четырёх ногах, да спотыкается. А изволите вы писать, что сошлёте меня свиней пасти, и на то ваша боярская воля. За сим кланяюсь рабски.

Верный холоп ваш

Архип Савельев».

Я не мог несколько раз не улыбнуться, читая грамоту доброго старика. Отвечать батюшке я был не в состоянии; а чтоб успокоить матушку, письмо Савельича мне показалось достаточным.

С той поры положение моё переменилось. Марья Ивановна почти со мною не говорила и всячески старалась избегать меня. Дом коменданта стал для меня постыл. Мало-помалу приучился я сидеть один у себя дома. Василиса Егоровна сначала за то мне пеняла; но, видя моё упрямство, оставила меня в покое. С Иваном Кузмичем виделся я только, когда того требовала служба. Со Швабриным встречался редко и неохотно, тем более, что замечал в нём скрытую к себе неприязнь, что и утверждало меня в моих подозрениях. Жизнь моя сделалась мне несносна. Я впал в мрачную задумчивость, которую питали одиночество и бездействие. Любовь моя разгоралась в уединении и час от часу становилась мне тягостнее. Я потерял охоту к чтению и словесности. Дух мой упал. Я боялся или сойти с ума, или удариться в распутство. Неожиданные происшествия, имевшие важное влияние на всю мою жизнь, дали вдруг моей душе сильное и благое потрясение.

Глава VI
Пугачёвщина

Вы, молодые ребята, послушайте,
Что мы, старые старики, будем сказывати.

Песня

ПРЕЖДЕ нежели приступлю к описанию странных происшествий, коим я был свидетель, я должен сказать несколько слов о положении, в котором находилась Оренбургская губерния в конце 1773 года.

Сия обширная и богатая губерния обитаема была множеством полудиких народов, признавших ещё недавно владычество российских государей. Их поминутные возмущения, непривычка к законам и гражданской жизни, легкомыслие и жестокость требовали со стороны правительства непрестанного надзора для удержания их в повиновении. Крепости выстроены были в местах, признанных удобными, и заселены по большей части казаками, давнишними обладателями яицких берегов. Но яицкие казаки, долженствовавшие охранять спокойствие и безопасность сего края, с некоторого времени были сами для правительства неспокойными и опасными подданными. В 1772 году произошло возмущение в их главном городке. Причиною тому были строгие меры, предпринятые генерал-майором Траубенбергом, дабы привести войско к должному повиновению. Следствием было варварское убиение Траубенберга, своевольная перемена в управлении и, наконец, усмирение бунта картечью и жестокими наказаниями.

Это случилось несколько времени перед прибытием моим в Белогорскую крепость. Всё было уже тихо или казалось таковым; начальство слишком легко поверило мнимому раскаянию лукавых мятежников, которые злобствовали втайне и выжидали удобного случая для возобновления беспорядков.

Обращаюсь к своему рассказу.

Однажды вечером (это было в начале октября 1773 года) сидел я дома один, слушая вой осеннего ветра и смотря в окно на тучи, бегущие мимо луны. Пришли меня звать от имени коменданта. Я тотчас отправился. У коменданта нашёл я Швабрина, Ивана Игнатьича и казацкого урядника. В комнате не было ни Василисы Егоровны, ни Марьи Ивановны. Комендант со мною поздоровался с видом озабоченным. Он запер двери, всех усадил, кроме урядника, который стоял у дверей, вынул из кармана бумагу и сказал нам: «Господа офицеры, важная новость! Слушайте, что пишет генерал». Тут он надел очки и прочёл следующее:

«Господину коменданту Белогорской крепости
капитану Миронову.
По секрету.

Сим извещаю вас, что убежавший из-под караула донской казак и раскольник Емельян Пугачёв, учиня непростительную дерзость принятием на себя имени покойного императора Петра III, собрал злодейскую шайку, произвёл возмущение в яицких селениях и уже взял и разорил несколько крепостей, производя везде грабежи и смертные убийства. Того ради, с получением сего, имеете вы, господин капитан, немедленно принять надлежащие меры к отражению помянутого злодея и самозванца, а буде можно и к совершенному уничтожению оного, если он обратится на крепость, вверенную вашему попечению».

— Принять надлежащие меры! — сказал комендант, снимая очки и складывая бумагу. — Слышь ты, легко сказать. Злодей-то, видно, силён; а у нас всего сто тридцать человек, не считая казаков, на которых плоха надежда, не в укор буди тебе сказано, Максимыч. (Урядник усмехнулся.) Однако делать нечего, господа офицеры! Будьте исправны, учредите караулы да ночные дозоры; в случае нападения запирайте ворота да выводите солдат. Ты, Максимыч, смотри крепко за своими казаками. Пушку осмотреть да хорошенько вычистить. А пуще всего содержите всё это в тайне, чтоб в крепости никто не мог о том узнать преждевременно.

Раздав сии повеления, Иван Кузмич нас распустил. Я вышел вместе со Швабриным, рассуждая о том, что мы слышали. «Как ты думаешь, чем это кончится?» — спросил я его. «Бог знает, — отвечал он, — посмотрим. Важного покамест ещё ничего не вижу. Если же...» Тут он задумался и в рассеянии стал насвистывать французскую арию.

Несмотря на все наши предосторожности, весть о появлении Пугачёва разнеслась по крепости. Иван Кузмич, хоть и очень уважал свою супругу, но ни за что на свете не открыл бы ей тайны, вверенной ему по службе. Получив письмо от генерала, он довольно искусным образом выпроводил Василису Егоровну, сказав ей, будто бы отец Герасим получил из Оренбурга какие-то чудные известия, которые содержит в великой тайне. Василиса Егоровна тотчас захотела отправиться в гости к попадье и, по совету Ивана Кузмича, взяла с собою и Машу, чтоб ей не было скучно одной.

Иван Кузмич, оставшись полным хозяином, тотчас послал за нами, а Палашку запер в чулан, чтоб она не могла нас подслушать.

Василиса Егоровна возвратилась домой, не успев ничего выведать от попадьи, и узнала, что во время её отсутствия было у Ивана Кузмича совещание и что Палашка была под замком. Она догадалась, что была обманута мужем, и приступила к нему с допросом. Но Иван Кузмич приготовился к нападению. Он нимало не смутился и бодро отвечал своей любопытной сожительнице: «А слышь ты, матушка, бабы наши вздумали печи топить соломою; а как от того может произойти несчастие, то я и отдал строгий приказ впредь соломою бабам печей не топить, а топить хворостом и валежником». — «А для чего ж было тебе запирать Палашку? — спросила комендантша. — За что бедная девка просидела в чулане, пока мы не воротились?» Иван Кузмич не был приготовлен к таковому вопросу; он запутался и пробормотал что-то очень нескладное. Василиса Егоровна увидела коварство своего мужа; но, зная, что ничего от него не добьётся, прекратила свои вопросы и завела речь о солёных огурцах, которые Акулина Памфиловна приготовляла совершенно особенным образом. Во всю ночь Василиса Егоровна не могла заснуть и никак не могла догадаться, что бы такое было в голове её мужа, о чём бы ей нельзя было знать.

На другой день, возвращаясь от обедни, она увидела Ивана Игнатьича, который вытаскивал из пушки тряпички, камушки, щепки, бабки и сор всякого рода, запиханный в неё ребятишками. «Что бы значили эти военные приготовления? — думала комендантша, — уж не ждут ли нападения от киргизцев? Но неужто Иван Кузмич стал бы от меня таить такие пустяки?» Она кликнула Ивана Игнатьича, с твёрдым намерением выведать от него тайну, которая мучила её дамское любопытство.

Василиса Егоровна сделала ему несколько замечаний касательно хозяйства, как судия, начинающий следствие вопросами посторонними, дабы сперва усыпить осторожность ответчика. Потом, помолчав несколько минут, она глубоко вздохнула и сказала, качая головою: «Господи Боже мой! Вишь какие новости! Что из этого будет?»

— И, матушка! — отвечал Иван Игнатьич. — Бог милостив: солдат у нас довольно, пороху много, пушку я вычистил. Авось дадим отпор Пугачёву. Господь не выдаст, свинья не съест!

— А что за человек этот Пугачёв? — спросила комендантша.

Тут Иван Игнатьич заметил, что проговорился, и закусил язык. Но уже было поздно. Василиса Егоровна принудила его во всём признаться, дав ему слово не рассказывать о том никому.

Василиса Егоровна сдержала своё обещание и никому не сказала ни одного слова, кроме как попадье, и то потому только, что корова её ходила ещё в степи и могла быть захвачена злодеями.

Вскоре все заговорили о Пугачёве. Толки были различны. Комендант послал урядника с поручением разведать хорошенько обо всём по соседним селениям и крепостям. Урядник возвратился через два дня и объявил, что в степи вёрст за шестьдесят от крепости видел он множество огней и слышал от башкирцев, что идёт неведомая сила. Впрочем, не мог он сказать ничего положительного, потому что ехать дальше побоялся.

В крепости между казаками заметно стало необыкновенное волнение; во всех улицах они толпились в кучки, тихо разговаривали между собою и расходились, увидя драгуна или гарнизонного солдата. Посланы были к ним лазутчики. Юлай, крещёный калмык, сделал коменданту важное донесение. Показания урядника, по словам Юлая, были ложны: по возвращении своём лукавый казак объявил своим товарищам, что он был у бунтовщиков, представлялся самому их предводителю, который допустил его к своей руке и долго с ним разговаривал. Комендант немедленно посадил урядника под караул, а Юлая назначил на его место. Эта новость принята была казаками с явным неудовольствием. Они громко роптали, и Иван Игнатьич, исполнитель комендантского распоряжения, слышал своими ушами, как они говорили: «Вот ужо тебе будет, гарнизонная крыса!» Комендант думал в тот же день допросить своего арестанта; но урядник бежал из-под караула, вероятно при помощи своих единомышленников.

Новое обстоятельство усилило беспокойство коменданта. Схвачен был башкирец с возмутительными листами. По сему случаю комендант думал опять собрать своих офицеров и для того хотел опять удалить Василису Егоровну под благовидным предлогом. Но как Иван Кузмич был человек самый прямодушный и правдивый, то и не нашёл другого способа, кроме как единожды уже им употреблённого.

«Слышь ты, Василиса Егоровна, — сказал он ей покашливая. — Отец Герасим получил, говорят, из города...» — «Полно врать, Иван Кузмич, — перервала комендантша, — ты, знать, хочешь собрать совещание да без меня потолковать об Емельяне Пугачёве; да лих не проведёшь!» Иван Кузмич вытаращил глаза. «Ну, матушка, — сказал он, — коли ты уже всё знаешь, так, пожалуй, оставайся; мы потолкуем и при тебе». — «То-то, батька мой, — отвечала она, — не тебе бы хитрить; посылай-ка за офицерами».

Мы собрались опять. Иван Кузмич в присутствии жены прочёл нам воззвание Пугачёва, писанное каким-нибудь полуграмотным казаком. Разбойник объявлял о своём намерении немедленно идти на нашу крепость; приглашал казаков и солдат в свою шайку, а командиров увещевал не супротивляться, угрожая казнию в противном случае. Воззвание написано было в грубых, но сильных выражениях и должно было произвести опасное впечатление на умы простых людей.

«Каков мошенник! — воскликнула комендантша. — Что смеет ещё нам предлагать! Выйти к нему навстречу и положить к ногам его знамёна! Ах он собачий сын! Да разве не знает он, что мы уже сорок лет в службе и всего, слава Богу, насмотрелись? Неужто нашлись такие командиры, которые послушались разбойника?»

— Кажется, не должно бы, — отвечал Иван Кузмич. — А слышно, злодей завладел уж многими крепостями.

— Видно, он в самом деле силён, — заметил Швабрин.

— А вот сейчас узнаем настоящую его силу, — сказал комендант. — Василиса Егоровна, дай мне ключ от анбара. Иван Игнатьич, приведи-ка башкирца да прикажи Юлаю принести сюда плетей.

— Постой, Иван Кузмич, — сказала комендантша, вставая с места. — Дай уведу Машу куда-нибудь из дому; а то услышит крик, перепугается. Да и я, правду сказать, не охотница до розыска. Счастливо оставаться.

Пытка в старину так была укоренена в обычаях судопроизводства, что благодетельный указ, уничтоживший оную, долго оставался безо всякого действия. Думали, что собственное признание преступника необходимо было для его полного обличения, — мысль не только неосновательная, но даже и совершенно противная здравому юридическому смыслу: ибо, если отрицание подсудимого не приемлется в доказательство его невинности, то признание его и того менее должно быть доказательством его виновности. Даже и ныне случается мне слышать старых судей, жалеющих об уничтожении варварского обычая. В наше же время никто не сомневался в необходимости пытки, ни судьи, ни подсудимые. Итак, приказание коменданта никого из нас не удивило и не встревожило. Иван Игнатьич отправился за башкирцем, который сидел в анбаре под ключом у комендантши, и через несколько минут невольника привели в переднюю. Комендант велел его к себе представить.

Башкирец с трудом шагнул через порог (он был в колодке) и, сняв высокую свою шапку, остановился у дверей. Я взглянул на него и содрогнулся. Никогда не забуду этого человека. Ему казалось лет за семьдесят. У него не было ни носа, ни ушей. Голова его была выбрита; вместо бороды торчало несколько седых волос; он был малого росту, тощ и сгорблен; но узенькие глаза его сверкали ещё огнём. «Эхе! — сказал комендант, узнав, по страшным его приметам, одного из бунтовщиков, наказанных в 1741 году. — Да ты, видно, старый волк, побывал в наших капканах. Ты, знать, не впервой уже бунтуешь, коли у тебя так гладко выстрогана башка. Подойди-ка поближе; говори, кто тебя подослал?»

Старый башкирец молчал и глядел на коменданта с видом совершенного бессмыслия. «Что же ты молчишь? — продолжал Иван Кузмич, — али бельмес по-русски не разумеешь? Юлай, спроси-ка у него по-вашему, кто его подослал в нашу крепость?»

Юлай повторил на татарском языке вопрос Ивана Кузмича. Но башкирец глядел на него с тем же выражением и не отвечал ни слова.

— Якши, — сказал комендант, — ты у меня заговоришь. Ребята! сымите-ка с него дурацкий полосатый халат да выстрочите ему спину. Смотри ж, Юлай: хорошенько его!

Два инвалида стали башкирца раздевать. Лицо несчастного изобразило беспокойство. Он оглядывался на все стороны, как зверок, пойманный детьми. Когда ж один из инвалидов взял его руки и, положив их себе около шеи, поднял старика на свои плечи, а Юлай взял плеть и замахнулся, — тогда башкирец застонал слабым, умоляющим голосом и, кивая головою, открыл рот, в котором вместо языка шевелился короткий обрубок.

Когда вспомню, что это случилось на моём веку и что ныне дожил я до кроткого царствования императора Александра, не могу не дивиться быстрым успехам просвещения и распространению правил человеколюбия. Молодой человек! если записки мои попадутся в твои руки, вспомни, что лучшие и прочнейшие изменения суть те, которые происходят от улучшения нравов, без всяких насильственных потрясений.

Все были поражены. «Ну, — сказал комендант, — видно, нам от него толку не добиться. Юлай, отведи башкирца в анбар. А мы, господа, кой о чём ещё потолкуем».

Мы стали рассуждать о нашем положении, как вдруг Василиса Егоровна вошла в комнату, задыхаясь и с видом чрезвычайно встревоженным.

— Что это с тобою сделалось? — спросил изумлённый комендант.

— Батюшки, беда! — отвечала Василиса Егоровна. — Нижнеозёрная взята сегодня утром. Работник отца Герасима сейчас оттуда воротился. Он видел, как её брали. Комендант и все офицеры перевешаны. Все солдаты взяты в полон. Того и гляди, злодеи будут сюда.

Неожиданная весть сильно меня поразила. Комендант Нижнеозёрной крепости, тихий и скромный молодой человек, был мне знаком: месяца за два перед тем проезжал он из Оренбурга с молодой своей женою и останавливался у Ивана Кузмича. Нижнеозёрная находилась от нашей крепости верстах в двадцати пяти. С часу на час должно было и нам ожидать нападения Пугачёва. Участь Марьи Ивановны живо представилась мне, и сердце у меня так и замерло.

— Послушайте, Иван Кузмич! — сказал я коменданту. — Долг наш защищать крепость до последнего нашего издыхания; об этом и говорить нечего. Но надобно подумать о безопасности женщин. Отправьте их в Оренбург, если дорога ещё свободна, или в отдалённую, более надёжную крепость, куда злодеи не успели бы достигнуть.

Иван Кузмич оборотился к жене и сказал ей: «А слышь ты, матушка, и в самом деле, не отправить ли вас подале, пока не управимся мы с бунтовщиками?»

— И, пустое! — сказала комендантша. — Где такая крепость, куда бы пули не залетали? Чем Белогорская ненадёжна? Слава Богу, двадцать второй год в ней проживаем. Видали и башкирцев и киргизцев: авось и от Пугачёва отсидимся!

— Ну, матушка, — возразил Иван Кузмич, — оставайся, пожалуй, коли ты на крепость нашу надеешься. Да с Машей-то что нам делать? Хорошо, коли отсидимся или дождёмся сикурса; ну, а коли злодеи возьмут крепость?

— Ну, тогда... — Тут Василиса Егоровна заикнулась и замолчала с видом чрезвычайного волнения.

— Нет, Василиса Егоровна, — продолжал комендант, замечая, что слова его подействовали, может быть, в первый раз в его жизни. — Маше здесь оставаться не гоже. Отправим её в Оренбург к её крёстной матери: там и войска и пушек довольно, и стена каменная. Да и тебе советовал бы с нею туда же отправиться; даром что ты старуха, а посмотри что с тобою будет, коли возьмут фортецию приступом.

— Добро, — сказала комендантша, — так и быть, отправим Машу. А меня и во сне не проси: не поеду. Нечего мне под старость лет расставаться с тобою да искать одинокой могилы на чужой сторонке. Вместе жить, вместе и умирать.

— И то дело, — сказал комендант. — Ну, медлить нечего. Ступай готовить Машу в дорогу. Завтра чем свет её и отправим, да дадим ей и конвой, хоть людей лишних у нас и нет. Да где же Маша?

— У Акулины Памфиловны, — отвечала комендантша. — Ей сделалось дурно, как услышала о взятии Нижнеозёрной; боюсь, чтобы не занемогла. Господи владыко, до чего мы дожили!

Василиса Егоровна ушла хлопотать об отъезде дочери. Разговор у коменданта продолжался; но я уже в него не мешался и ничего не слушал. Марья Ивановна явилась к ужину бледная и заплаканная. Мы отужинали молча и встали из-за стола скорее обыкновенного; простясь со всем семейством, мы отправились по домам. Но я нарочно забыл свою шпагу и воротился за нею: я предчувствовал, что застану Марью Ивановну одну. В самом деле, она встретила меня в дверях и вручила мне шпагу. «Прощайте, Пётр Андреич! — сказала она мне со слезами. — Меня посылают в Оренбург. Будьте живы и счастливы; может быть, Господь приведёт нас друг с другом увидеться; если же нет...» Тут она зарыдала. Я обнял её. «Прощай, ангел мой, — сказал я, — прощай, моя милая, моя желанная! Что бы со мною ни было, верь, что последняя моя мысль и последняя

молитва будет о тебе!» Маша рыдала, прильнув к моей груди. Я с жаром её поцеловал и поспешно вышел из комнаты.

Глава VII
Приступ

Голова моя, головушка,
Голова послуживая!
Послужила моя головушка
Ровно тридцать лет и три года.
Ах, не выслужила головушка
Ни корысти себе, ни радости,
Как ни слова себе доброго
И ни рангу себе высокого;
Только выслужила головушка
Два высокие столбика,
Перекладинку кленовую,
Ещё петельку шелковую.

Народная песня

В ЭТУ ночь я не спал и не раздевался. Я намерен был отправиться на заре к крепостным воротам, откуда Марья Ивановна должна была выехать, и там проститься с нею в последний раз. Я чувствовал в себе великую перемену: волнение души моей было мне гораздо менее тягостно, нежели то уныние, в котором ещё недавно был я погружён. С грустию разлуки сливались во мне и неясные, но сладостные надежды, и нетерпеливое ожидание опасностей, и чувства благородного честолюбия. Ночь прошла незаметно. Я хотел уже выйти из дому, как дверь моя отворилась и ко мне явился капрал с донесением, что наши казаки ночью выступили из крепости, взяв насильно с собою Юлая, и что около крепости разъезжают неведомые люди. Мысль, что

Марья Ивановна не успеет выехать, ужаснула меня; я поспешно дал капралу несколько наставлений и тотчас бросился к коменданту.

Уж рассветало. Я летел по улице, как услышал, что зовут меня. Я остановился. «Куда вы? — сказал Иван Игнатьич, догоняя меня. — Иван Кузмич на валу и послал меня за вами. Пугач пришёл». — «Уехала ли Марья Ивановна? — спросил я с сердечным трепетом». — «Не успела, — отвечал Иван Игнатьич, — дорога в Оренбург отрезана; крепость окружена. Плохо, Пётр Андреич!»

Мы пошли на вал, возвышение, образованное природой и укреплённое частоколом. Там уже толпились все жители крепости. Гарнизон стоял в ружьё. Пушку туда перетащили накануне. Комендант расхаживал перед своим малочисленным строем. Близость опасности одушевляла старого воина бодростию необыкновенной. По степи, не в дальнем расстоянии от крепости, разъезжали человек двадцать верхами. Они, казалося, казаки, но между ими находились и башкирцы, которых легко можно было распознать по их рысьим шапкам и по колчанам. Комендант обошёл своё войско, говоря солдатам: «Ну, детушки, постоим сегодня за матушку государыню и докажем всему свету, что мы люди бравые и присяжные!» Солдаты громко изъявили усердие. Швабрин стоял подле меня и пристально глядел на неприятеля. Люди, разъезжающие в степи, заметя движение в крепости, съехались в кучку и стали между собою толковать. Комендант велел Ивану Игнатьичу навести пушку на их толпу и сам приставил фитиль. Ядро зажужжало и пролетело над ними, не сделав никакого вреда. Наездники, рассеясь, тотчас ускакали из виду, и степь опустела.

Тут явилась на валу Василиса Егоровна и с нею Маша, не хотевшая отстать от неё. «Ну, что? — сказала комендантша. — Каково идёт баталья? Где же неприятель?» — «Неприятель недалече, — отвечал Иван Кузмич. — Бог даст, всё будет ладно. Что, Маша, страшно тебе?» — «Нет, папенька, — отвечала Марья Ивановна, — дома одной страшнее». Тут она взглянула на меня и с усилием улыбнулась. Я невольно стиснул рукоять моей шпаги, вспомня, что накануне получил её из её рук, как бы на защиту моей любезной. Сердце моё горело. Я воображал себя её рыцарем. Я жаждал доказать, что был достоин её доверенности, и с нетерпением стал ожидать решительной минуты.

В это время из-за высоты, находившейся в полверсте от крепости, показались новые конные толпы, и вскоре степь усеялась множеством людей, вооружённых копьями и сайдаками. Между ими на белом коне ехал человек в красном кафтане, с обнажённой саблею в руке: это был сам Пугачёв. Он остановился; его окружили, и, как видно, по его повелению, четыре человека отделились и во весь опор подскакали под самую крепость. Мы в них узнали своих изменников. Один из них держал под шапкою лист бумаги; у другого на копьё воткнута была голова Юлая, которую, стряхнув, перекинул он к нам чрез частокол. Голова бедного калмыка упала к ногам коменданта. Изменники кричали: «Не стреляйте; выходите вон к государю. Государь здесь!»

«Вот я вас! — закричал Иван Кузмич. — Ребята! стреляй!» Солдаты наши дали залп. Казак, державший письмо, зашатался и свалился с лошади; другие поскакали назад. Я взглянул на Марью Ивановну. Поражённая видом окровавленной головы Юлая, оглушённая залпом, она казалась без памяти. Комендант подозвал капрала и велел ему взять лист из рук убитого казака. Капрал вышел в поле и возвратился, ведя под уздцы лошадь убитого. Он вручил коменданту письмо. Иван Кузмич прочёл его про себя и разорвал потом в клочки. Между тем мятежники, видимо, приготовлялись к действию. Вскоре пули начали свистать около наших ушей, и несколько стрел воткнулись около нас в землю и в частокол.

«Василиса Егоровна! — сказал комендант. — Здесь не бабье дело; уведи Машу; видишь: девка ни жива ни мертва».

Василиса Егоровна, присмиревшая под пулями, взглянула на степь, на которой заметно было большое движение; потом оборотилась к мужу и сказала ему:

«Иван Кузмич, в животе и смерти Бог волен: благослови Машу. Маша, подойди к отцу».

Маша, бледная и трепещущая, подошла к Ивану Кузмичу, стала на колени и поклонилась ему в землю. Старый комендант перекрестил её трижды; потом поднял и, поцеловав, сказал ей изменившимся голосом: «Ну, Маша, будь счастлива. Молись Богу: он тебя не оставит. Коли найдётся добрый человек, дай Бог вам любовь да совет. Живите, как жили мы с Василисой Егоровной. Ну, прощай, Маша. Василиса Егоровна, уведи же её поскорее». (Маша кинулась ему на шею и зарыдала.) «Поцелуемся ж и мы, — сказала, заплакав, комендантша. — Прощай, мой Иван Кузмич. Отпусти мне, коли в чём я тебе досадила!» — «Прощай, прощай, матушка! — сказал комендант, обняв свою старуху. — Ну, довольно! Ступайте, ступайте домой; да коли успеешь, надень на Машу сарафан». Комендантша с дочерью удалились. Я глядел вослед Марьи Ивановны; она оглянулась и кивнула мне головой. Тут Иван Кузмич оборотился к нам, и всё внимание его устремилось на неприятеля. Мятежники съезжались около своего предводителя и вдруг начали слезать с лошадей. «Теперь стойте крепко, — сказал комендант, — будет приступ...» В эту минуту раздался страшный визг и крики; мятежники бегом бежали к крепости. Пушка наша заряжена была картечью. Комендант подпустил их на самое близкое расстояние и вдруг выпалил опять. Картечь хватила в самую середину толпы. Мятежники отхлынули в обе стороны и попятились. Предводитель их остался один впереди... Он махал саблею и, казалось, с жаром их уговаривал... Крик и визг, умолкнувшие на минуту, тотчас снова возобновились. «Ну, ребята, — сказал комендант, — теперь отворяй ворота, бей в барабан. Ребята! вперёд, на вылазку, за мною!»

Комендант, Иван Игнатьич и я мигом очутились за крепостным валом; но обробелый гарнизон не тронулся. «Что ж вы, детушки, стоите? — закричал Иван Кузмич. — Умирать, так умирать: дело служивое!» В эту минуту мятежники набежали на нас и ворвались в крепость. Барабан умолк; гарнизон бросил ружья; меня сшибли

было с ног, но я встал и вместе с мятежниками вошёл в крепость. Комендант, раненный в голову, стоял в кучке злодеев, которые требовали от него ключей. Я бросился было к нему на помощь: несколько дюжих казаков схватили меня и связали кушаками, приговаривая: «Вот ужо вам будет, государевым ослушникам!» Нас потащили по улицам; жители выходили из домов с хлебом и солью. Раздавался колокольный звон. Вдруг закричали в толпе, что государь на площади ожидает пленных и принимает присягу. Народ повалил на площадь; нас погнали туда же.

Пугачёв сидел в креслах на крыльце комендантского дома. На нём был красный казацкий кафтан, обшитый галунами. Высокая соболья шапка с золотыми кистями была надвинута на его сверкающие глаза. Лицо его показалось мне знакомо. Казацкие старшины окружали его. Отец Герасим, бледный и дрожащий, стоял у крыльца, с крестом в руках, и, казалось, молча умолял его за предстоящие жертвы. На площади ставили наскоро виселицу. Когда мы приближились, башкирцы разогнали народ и нас представили Пугачёву. Колокольный звон утих; настала глубокая тишина. «Который комендант?» — спросил самозванец. Наш урядник выступил из толпы и указал на Ивана Кузмича. Пугачёв грозно взглянул

Суд Пугачёва. Художник Перов В. Г., 1879

на старика и сказал ему: «Как ты смел противиться мне, своему государю?» Комендант, изнемогая от раны, собрал последние силы и отвечал твёрдым голосом: «Ты мне не государь, ты вор и самозванец, слышь ты!» Пугачёв мрачно нахмурился и махнул белым платком.

Несколько казаков подхватили старого капитана и потащили к виселице. На её перекладине очутился верхом изувеченный башкирец, которого допрашивали мы накануне. Он держал в руке верёвку, и через минуту увидел я бедного Ивана Кузмича, вздёрнутого на воздух. Тогда привели к Пугачёву Ивана Игнатьича. «Присягай, — сказал ему Пугачёв, — государю Петру Феодоровичу!» — «Ты нам не государь, — отвечал Иван Игнатьич, повторяя слова своего капитана. — Ты, дядюшка, вор и самозванец!» Пугачёв махнул опять платком, и добрый поручик повис подле своего старого начальника.

Очередь была за мною. Я глядел смело на Пугачёва, готовясь повторить ответ великодушных моих товарищей. Тогда, к неописанному моему изумлению, увидел я среди мятежных старшин Швабрина, обстриженного в кружок и в казацком кафтане. Он подошёл к Пугачёву и сказал ему на ухо несколько слов. «Вешать его!» —

сказал Пугачёв, не взглянув уже на меня. Мне накинули на шею петлю. Я стал читать про себя молитву, принося Богу искреннее раскаяние во всех моих прегрешениях и моля его о спасении всех близких моему сердцу. Меня притащили под виселицу. «Не бось, не бось», — повторяли мне губители, может быть и вправду желая меня ободрить. Вдруг услышал я крик: «Постойте, окаянные! погодите!..» Палачи остановились. Гляжу: Савельич лежит в ногах у Пугачёва. «Отец родной! — говорил бедный дядька. — Что тебе в смерти барского дитяти? Отпусти его; за него тебе выкуп дадут; а для примера и страха ради вели повесить хоть меня старика!» Пугачёв дал знак, и меня тотчас развязали и оставили. «Батюшка наш тебя милует», — говорили мне. В эту минуту не могу сказать, чтоб я обрадовался своему избавлению, не скажу, однако ж, чтоб я о нём и сожалел. Чувствования мои были слишком смутны. Меня снова привели к самозванцу и поставили перед ним на колени. Пугачёв протянул мне жилистую свою руку. «Целуй руку, целуй руку!» — говорили около меня. Но я предпочёл бы самую лютую казнь такому подлому унижению. «Батюшка Пётр Андреич! — шептал Савельич, стоя за мною и толкая меня. — Не упрямься! что тебе стоит? плюнь да поцелуй у злод... (тьфу!) поцелуй у него ручку».

Я не шевелился. Пугачёв опустил руку, сказав с усмешкою: «Его благородие, знать, одурел от радости. Подымите его!» Меня подняли и оставили на свободе. Я стал смотреть на продолжение ужасной комедии.

Жители начали присягать. Они подходили один за другим, целуя распятие и потом кланяясь самозванцу. Гарнизонные солдаты стояли тут же. Ротный портной, вооружённый тупыми своими ножницами, резал у них косы. Они, отряхиваясь, подходили к руке Пугачёва, который объявлял им прощение и принимал в свою шайку. Всё это продолжалось около трёх часов. Наконец Пугачёв встал с кресел и сошёл с крыльца в сопровождении своих старшин. Ему подвели белого коня, украшенного богатой сбруей. Два казака взяли его под руки и посадили на седло. Он объявил отцу Герасиму, что будет обедать у него. В эту минуту раздался женский крик. Несколько разбойников вытащили на крыльцо Василису Егоровну, растрёпанную и раздетую донага. Один из них успел уже нарядиться в её душегрейку. Другие таскали перины, сундуки, чайную посуду, бельё и всю рухлядь. «Батюшки мои! — кричала бедная старушка. — Отпустите душу на покаяние. Отцы родные, отведите меня к Ивану Кузмичу». Вдруг она взглянула на виселицу и узнала своего мужа. «Злодеи! — закричала она в исступлении. — Что это вы с ним сделали? Свет ты мой, Иван Кузмич, удалая солдатская головушка! не тронули тебя ни штыки прусские, ни пули турецкие; не в честном бою положил ты свой живот, а сгинул от беглого каторжника!» — «Унять старую ведьму!» — сказал Пугачёв. Тут молодой казак ударил её саблею по голове, и она упала мёртвая на ступени крыльца. Пугачёв уехал; народ бросился за ним.

Глава VIII
Незваный гость

Незваный гость хуже татарина.
Пословица

Площадь опустела. Я всё стоял на одном месте и не мог привести в порядок мысли, смущённые столь ужасными впечатлениями.

Неизвестность о судьбе Марьи Ивановны пуще всего меня мучила. Где она? что с нею? успела ли спрятаться? надёжно ли её убежище?.. Полный тревожными мыслями, я вошёл в комендантский дом... Всё было пусто; стулья, столы, сундуки были переломаны; посуда перебита; всё растаскано. Я взбежал по маленькой лестнице, которая вела в светлицу, и в первый раз отроду вошёл в комнату Марьи Ивановны. Я увидел её постелю, перерытую разбойниками; шкап был разломан и ограблен; лампадка теплилась ещё перед опустелым кивотом. Уцелело и зеркальце, висевшее в простенке... Где ж была хозяйка этой смиренной, девической кельи? Страшная мысль мелькнула в уме моём: я вообразил её в руках у разбойников... Сердце моё сжалось... Я горько, горько заплакал и громко произнёс имя моей любезной... В эту минуту послышался лёгкий шум, и из-за шкапа явилась Палаша, бледная и трепещущая.

— Ах, Пётр Андреич! — сказала она, сплеснув руками. — Какой денёк! какие страсти!..

— А Марья Ивановна? — спросил я нетерпеливо, — что Марья Ивановна?

— Барышня жива, — отвечала Палаша. — Она спрятана у Акулины Памфиловны.

— У попадьи! — вскричал я с ужасом. — Боже мой! да там Пугачёв!..

Я бросился вон из комнаты, мигом очутился на улице и опрометью побежал в дом священника, ничего не видя и не чувствуя. Там раздавались крики, хохот и песни... Пугачёв пировал с своими товарищами. Палаша прибежала туда же за мною. Я подослал её вызвать тихонько Акулину Памфиловну. Через минуту попадья вышла ко мне в сени с пустым штофом в руках.

— Ради Бога! где Марья Ивановна? — спросил я с неизъяснимым волнением.

— Лежит, моя голубушка, у меня на кровати, там за перегородкою, — отвечала попадья. — Ну, Пётр Андреич, чуть было не стряслась беда, да, слава Богу, всё прошло благополучно: злодей только что уселся обедать, как она, моя бедняжка, очнётся да застонет!.. Я так и обмерла. Он услышал: «А кто это у тебя охает, старуха?» Я вору в пояс: «Племянница моя, государь; захворала, лежит, вот уж другая неделя». — «А молода твоя племянница?» — «Молода, государь». — «А покажи-ка мне, старуха, свою племянницу». — У меня сердце так и ёкнуло, да нечего было делать. — «Изволь, государь; только девка-то не сможет встать и прийти к твоей милости». — «Ничего, старуха, я и сам пойду погляжу». И ведь пошёл окаянный за перегородку; как ты думаешь! ведь отдёрнул занавес, взглянул ястребиными своими глазами! — и ничего... Бог вынес! А веришь ли, я и батька мой так уж и приготовились к мученической смерти. К счастию, она, моя голубушка, не узнала его. Господи владыко, дождались мы праздника! Нечего сказать! бедный Иван Кузмич! кто бы подумал!.. А Василиса-то Егоровна? А Иван-то Игнатьич? Его-то за что?.. Как это вас пощадили? А каков Швабрин, Алексей Иваныч? Ведь остригся в кружок и теперь у нас тут же с ними пирует! Проворен, нечего сказать! А как сказала я про больную племянницу, так он, веришь ли, так взглянул на меня, как бы ножом насквозь; однако не выдал, спасибо ему и за то. — В эту минуту раздались пьяные крики гостей и голос отца Герасима. Гости требовали вина, хозяин кликал сожительницу. Попадья расхлопоталась. — Ступайте себе домой, Пётр Андреич, — сказала она, — теперь не до вас; у злодеев попойка идёт. Беда, попадётесь под пьяную руку. Прощайте, Пётр Андреич. Что будет, то будет; авось Бог не оставит!

Попадья ушла. Несколько успокоенный, я отправился к себе на квартиру. Проходя мимо площади, я увидел несколько башкирцев, которые теснились около виселицы и стаскивали сапоги с повешенных; с трудом удержал я порыв негодования, чувствуя бесполезность заступления. По крепости бегали разбойники, грабя офицерские дома. Везде раздавались крики пьянствующих мятежников. Я пришёл домой. Савельич встретил меня у порога. «Слава Богу! — вскричал он, увидя меня. — Я было думал, что злодеи опять тебя подхватили. Ну, батюшка Пётр Андреич! веришь ли? всё у нас разграбили, мошенники: платье, бельё, вещи, посуду — ничего не оставили. Да что уж! Слава Богу, что тебя живого отпустили! А узнал ли ты, сударь, атамана?»

— Нет, не узнал; а кто ж он такой?

— Как, батюшка? Ты и позабыл того пьяницу, который выманил у тебя тулуп на постоялом дворе? Заячий тулупчик совсем новёшенький; а он, бестия, его так и распорол, напяливая на себя!

Я изумился. В самом деле сходство Пугачёва с моим вожатым было разительно. Я удостоверился, что Пугачёв и он были одно и то же лицо, и понял тогда причину пощады, мне оказанной. Я не мог не подивиться странному сцеплению обстоятельств: детский тулуп, подаренный бродяге, избавлял меня от петли, и пьяница, шатавшийся по постоялым дворам, осаждал крепости и потрясал государством!

— Не изволишь ли покушать? — спросил Савельич, неизменный в своих привычках. — Дома ничего нет; пойду, пошарю, да что-нибудь тебе изготовлю.

Оставшись один, я погрузился в размышления. Что мне было делать? Оставаться в крепости, подвластной злодею, или следовать за его шайкою было неприлично офицеру. Долг требовал, чтобы я явился туда, где служба моя могла ещё быть полезна отечеству в настоящих затруднительных обстоятельствах... Но любовь сильно советовала мне оставаться при Марье Ивановне и быть ей защитником и покровителем. Хотя я и предвидел скорую и несомненную перемену в обстоятельствах, но всё же не мог не трепетать, воображая опасность её положения.

Размышления мои были прерваны приходом одного из казаков, который прибежал с объявлением, что-де «великий государь требует тебя к себе». — «Где же он?» — спросил я, готовясь повиноваться.

— В комендантском, — отвечал казак. — После обеда батюшка наш отправился в баню, а теперь отдыхает. Ну, ваше благородие, по всему видно, что персона знатная: за обедом скушать изволил двух жареных поросят, а парится так жарко, что и Тарас Курочкин не вытерпел, отдал веник Фомке Бикбаеву да насилу холодной водой откачался. Нечего сказать: все приёмы такие важные... А в бане, слышно, показывал царские свои знаки на грудях: на одной двуглавый орёл, величиною с пятак, а на другой персона его.

Я не почёл нужным оспоривать мнения казака и с ним вместе отправился в комендантский дом, заранее воображая себе свидание с Пугачёвым и стараясь предугадать, чем оно кончится. Читатель легко может себе представить, что я не был совершенно хладнокровен.

Начинало смеркаться, когда пришёл я к комендантскому дому. Виселица с своими жертвами страшно чернела. Тело бедной комендантши всё ещё валялось под крыльцом, у которого два казака стояли на карауле. Казак, приведший меня, отправился про меня доложить и, тотчас же воротившись, ввёл меня в ту комнату, где накануне так нежно прощался я с Марьей Ивановною.

Необыкновенная картина мне представилась: за столом, накрытым скатертью и установленным штофами и стаканами, Пугачёв и человек десять казацких старшин сидели, в шапках и цветных рубашках, разгорячённые вином, с красными рожами и блистающими глазами. Между ими не было ни Швабрина, ни нашего урядника, новобраных изменников. «А, ваше благородие! — сказал Пугачёв, увидя меня. — Добро пожаловать; честь и место,

милости просим». Собеседники потеснились. Я молча сел на краю стола. Сосед мой, молодой казак, стройный и красивый, налил мне стакан простого вина, до которого я не коснулся. С любопытством стал я рассматривать сборище. Пугачёв на первом месте сидел, облокотясь на стол и подпирая чёрную бороду своим широким кулаком.

Черты лица его, правильные и довольно приятные, не изъявляли ничего свирепого. Он часто обращался к человеку лет пятидесяти, называя его то графом, то Тимофеичем, а иногда величая его дядюшкою. Все обходились между собою как товарищи и не оказывали никакого особенного предпочтения своему предводителю. Разговор шёл об утреннем приступе, об успехе возмущения и о будущих действиях. Каждый хвастал, предлагал свои мнения и свободно оспоривал Пугачёва. И на сём-то странном военном совете решено было идти к Оренбургу: движение дерзкое, и которое чуть было не увенчалось бедственным успехом! Поход был объявлен к завтрашнему дню. «Ну, братцы, — сказал Пугачёв, — затянем-ка на сон грядущий мою любимую песенку. Чумаков! Начинай!» Сосед мой затянул тонким голоском заунывную бурлацкую песню, и все подхватили хором:

Не шуми, мати зелёная дубровушка,
Не мешай мне доброму молодцу думу думати.
Что заутра мне доброму молодцу в допрос идти
Перед грозного судью, самого царя.
Ещё станет государь-царь меня спрашивать:
Ты скажи, скажи, детинушка крестьянский сын,
Уж как с кем ты воровал, с кем разбой держал,
Ещё много ли с тобой было товарищей?
Я скажу тебе, надёжа православный царь,
Всеё правду скажу тебе, всю истину,
Что товарищей у меня было четверо:
Ещё первый мой товарищ тёмная ночь,
А второй мой товарищ булатный нож,
А как третий-то товарищ, то мой добрый конь,
А четвёртый мой товарищ, то тугой лук,
Что рассыльщики мои, то калёны стрелы.
Что возговорит надёжа православный царь:
Исполать тебе, детинушка крестьянский сын,
Что умел ты воровать, умел ответ держать!
Я за то тебя, детинушка, пожалую
Середи поля хоромами высокими,
Что двумя ли столбами с перекладиной.

Невозможно рассказать, какое действие произвела на меня эта простонародная песня про виселицу, распеваемая людьми, обречёнными виселице. Их грозные лица, стройные голоса, унылое выражение, которое придавали они словам и без того выразительным, — всё потрясало меня каким-то пиитическим ужасом.

Гости выпили ещё по стакану, встали из-за стола и простились с Пугачёвым. Я хотел за ними последовать, но Пугачёв сказал мне: «Сиди; я хочу с тобою переговорить». Мы остались глаз на глаз.

Несколько минут продолжалось обоюдное наше молчание. Пугачёв смотрел на меня пристально, изредка прищуривая левый глаз с удивительным выражением плутовства и насмешливости. Наконец он засмеялся, и с такою непритворной весёлостию, что и я, глядя на него, стал смеяться, сам не зная чему.

— Что, ваше благородие? — сказал он мне. — Струсил ты, признайся, когда молодцы мои накинули тебе верёвку на шею? Я чаю, небо с овчинку показалось... А покачался бы на перекладине, если б не твой слуга. Я тотчас узнал старого хрыча. Ну, думал ли ты, ваше благородие, что человек, который вывел тебя к умету, был сам великий государь? (Тут он взял на себя вид важный и таинственный.) Ты крепко передо мною виноват, — продолжал он, — но я помиловал тебя за твою добродетель, за то, что ты оказал мне услугу, когда принуждён я был скрываться от своих недругов. То ли ещё увидишь! Так ли ещё тебя пожалую, когда получу своё государство! Обещаешься ли служить мне с усердием?

Вопрос мошенника и его дерзость показались мне так забавны, что я не мог не усмехнуться.

— Чему ты усмехаешься? — спросил он меня нахмурясь. — Или ты не веришь, что я великий государь? Отвечай прямо.

Я смутился: признать бродягу государем был я не в состоянии: это казалось мне малодушием непростительным. Назвать его в глаза обманщиком — было подвергнуть себя погибели; и то, на что был я готов под виселицею в глазах всего народа и в первом пылу негодования, теперь казалось мне бесполезной хвастливостию. Я колебался. Пугачёв мрачно ждал моего ответа. Наконец (и ещё ныне с самодовольствием поминаю эту минуту) чувство долга восторжествовало во мне над слабостию человеческою. Я отвечал Пугачёву: «Слушай; скажу тебе всю правду. Рассуди, могу ли я признать в тебе государя? Ты человек смышлёный: ты сам увидел бы, что я лукавствую».

— Кто же я таков, по твоему разумению?

— Бог тебя знает; но кто бы ты ни был, ты шутишь опасную шутку.

Пугачёв взглянул на меня быстро. «Так ты не веришь, — сказал он, — чтоб я был государь Пётр Фёдорович? Ну, добро. А разве нет удачи удалому? Разве в старину Гришка Отрепьев не царствовал? Думай про меня что хочешь, а от меня не отставай. Какое тебе дело до иного-прочего? Кто ни поп, тот батька. Послужи мне верой и правдою, и я тебя пожалую и в фельдмаршалы и в князья. Как ты думаешь?»

— Нет, — отвечал я с твёрдостию. — Я природный дворянин; я присягал государыне императрице: тебе служить не могу. Коли ты в самом деле желаешь мне добра, так отпусти меня в Оренбург.

Пугачёв задумался. «А коли отпущу, — сказал он, — так обещаешься ли по крайней мере против меня не служить?»

— Как могу тебе в этом обещаться? — отвечал я. — Сам знаешь, не моя воля: велят идти против тебя — пойду, делать нечего. Ты теперь сам начальник; сам требуешь повиновения от своих. На что это будет похоже, если я от службы откажусь, когда служба моя понадобится? Голова моя в твоей власти: отпустишь меня — спасибо; казнишь — Бог тебе судья; а я сказал тебе правду.

Моя искренность поразила Пугачёва. «Так и быть, — сказал он, ударя меня по плечу. — Казнить так казнить, миловать так миловать. Ступай себе на все четыре стороны и делай что хочешь. Завтра приходи со мною проститься, а теперь ступай себе спать, и меня уж дрёма клонит».

Я оставил Пугачёва и вышел на улицу. Ночь была тихая и морозная. Месяц и звёзды ярко сияли, освещая площадь и виселицу. В крепости всё было спокойно и темно. Только в кабаке светился огонь и раздавались крики запоздалых гуляк. Я взглянул на дом священника. Ставни и ворота были заперты. Казалось, всё в нём было тихо.

Я пришёл к себе на квартиру и нашёл Савельича, горюющего по моём отсутствии. Весть о свободе моей обрадовала его несказанно. «Слава тебе, владыко! — сказал он перекрестившись. — Чем свет оставим крепость и пойдём куда глаза глядят. Я тебе кое-что заготовил; покушай-ка, батюшка, да и почивай себе до утра, как у Христа за пазушкой».

Я последовал его совету и, поужинав с большим аппетитом, заснул на голом полу, утомлённый душевно и физически.

Глава IX
Разлука

Сладко было спознаваться
Мне, прекрасная, с тобой;
Грустно, грустно расставаться,
Грустно, будто бы с душой.

Херасков

Рано утром разбудил меня барабан. Я пошёл на сборное место. Там строились уже толпы пугачёвские около виселицы, где всё ещё висели вчерашние жертвы. Казаки стояли верхами, солдаты под ружьём. Знамёна развевались. Несколько пушек, между коих узнал я и нашу, поставлены были на походные лафеты. Все жители находились тут же, ожидая самозванца. У крыльца комендантского дома казак держал под уздцы прекрасную белую лошадь киргизской породы. Я искал глазами тела комендантши. Оно было отнесено немного в сторону и прикрыто рогожею. Наконец Пугачёв вышел из сеней. Народ снял шапки. Пугачёв остановился на крыльце и со всеми поздоровался. Один из старшин подал ему мешок с медными деньгами, и он стал их метать пригоршнями. Народ с криком бросился их подбирать, и дело не обошлось без увечья. Пугачёва окружали главные из его сообщников. Между ими стоял и Швабрин. Взоры наши встретились; в моём он мог прочесть презрение, и он отворотился с выражением искренней злобы и притворной насмешливости. Пугачёв, увидев меня в толпе, кивнул мне головою и подозвал к себе. «Слушай, — сказал он мне. — Ступай сей же час в Оренбург и объяви от меня губернатору и всем генералам, чтоб ожидали меня к себе через неделю. Присоветуй им встретить меня с детской любовию и послушанием; не то не избежать им лютой казни. Счастливый путь, ваше благородие!» Потом обратился он к народу и сказал, указывая на Швабрина: «Вот вам, детушки, новый командир: слушайтесь его во всём, а он отвечает мне за вас и за крепость». С ужасом услышал я сии слова: Швабрин делался начальником крепости; Марья Ивановна оставалась в его власти! Боже, что с нею будет! Пугачёв сошёл с крыльца. Ему подвели лошадь. Он проворно вскочил в седло, не дождавшись казаков, которые хотели было подсадить его.

В это время из толпы народа, вижу, выступил мой Савельич, подходит к Пугачёву и подаёт ему лист бумаги. Я не мог придумать, что из того выйдет. «Это что?» — спросил важно Пугачёв. «Прочитай, так изволишь увидеть», — отвечал Савельич. Пугачёв принял бумагу и долго рассматривал с видом значительным. «Что ты так мудрёно пишешь? — сказал он наконец. — Наши светлые очи не могут тут ничего разобрать. Где мой обер-секретарь?»

Молодой малый в капральском мундире проворно подбежал к Пугачёву. «Читай вслух», — сказал самозванец, отдавая ему бумагу. Я чрезвычайно любопытствовал узнать, о чём дядька мой вздумал писать Пугачёву. Обер-секретарь громогласно стал по складам читать следующее:

— «Два халата, миткалевый и шёлковый полосатый, на шесть рублей».

— Это что значит? — сказал, нахмурясь, Пугачёв.

— Прикажи читать далее, — отвечал спокойно Савельич.

Обер-секретарь продолжал:

— «Мундир из тонкого зелёного сукна на семь рублей.

Штаны белые суконные на пять рублей.

Двенадцать рубах полотняных голландских с манжетами на десять рублей.

Погребец с чайною посудою на два рубля с полтиною...»

— Что за враньё? — прервал Пугачёв. — Какое мне дело до погребцов и до штанов с манжетами?

Савельич крякнул и стал объясняться.

— Это, батюшка, изволишь видеть, реестр барскому добру, раскраденному злодеями...

— Какими злодеями? — спросил грозно Пугачёв.

— Виноват: обмолвился, — отвечал Савельич. — Злодеи не злодеи, а твои ребята таки пошарили да порастаскали. Не гневись: конь и о четырёх ногах да спотыкается. Прикажи уж дочитать.

— Дочитывай, — сказал Пугачёв. Секретарь продолжал:

— «Одеяло ситцевое, другое тафтяное на хлопчатой бумаге четыре рубля.

Шуба лисья, крытая алым ратином, 40 рублей.

Ещё заячий тулупчик, пожалованный твоей милости на постоялом дворе, 15 рублей».

— Это что ещё! — вскричал Пугачёв, сверкнув огненными глазами.

Признаюсь, я перепугался за бедного моего дядьку. Он хотел было пуститься опять в объяснения, но Пугачёв его прервал: «Как ты смел лезть ко мне с такими пустяками? — вскричал он, выхватя бумагу из рук секретаря и бросив её в лицо Савельичу. — Глупый старик! Их обобрали: экая беда? Да ты должен, старый хрыч, вечно Бога молить за меня да за моих ребят за то, что ты и с барином-то своим не висите здесь вместе с моими ослушниками... Заячий тулуп! Я-те дам заячий тулуп! Да знаешь ли ты, что я с тебя живого кожу велю содрать на тулупы?»

— Как изволишь, — отвечал Савельич, — а я человек подневольный и за барское добро должен отвечать.

Пугачёв был, видно, в припадке великодушия. Он отворотился и отъехал, не сказав более ни слова. Швабрин и старшины последовали за ним. Шайка выступила из крепости в порядке. Народ пошёл провожать Пугачёва. Я остался на площади один с Савельичем. Дядька мой держал в руках свой реестр и рассматривал его с видом глубокого сожаления.

Видя моё доброе согласие с Пугачёвым, он думал употребить оное в пользу; но мудрое намерение ему не удалось. Я стал было его бранить за неуместное усердие и не мог удержаться от смеха. «Смейся, сударь, — отвечал Савельич, — смейся; а как придётся нам сызнова заводиться всем хозяйством, так посмотрим, смешно ли будет».

Я спешил в дом священника увидеться с Марьей Ивановной. Попадья встретила меня с печальным известием. Ночью у Марьи Ивановны открылась сильная горячка. Она лежала без памяти и в бреду. Попадья ввела меня в её комнату. Я тихо подошёл к её кровати. Перемена в её лице поразила меня. Больная меня не узнала. Долго стоял я перед нею, не слушая ни отца Герасима, ни доброй жены его, которые, кажется, меня утешали. Мрачные мысли волновали меня. Состояние бедной, беззащитной сироты, оставленной посреди злобных мятежников, собственное моё бессилие устрашали меня. Швабрин, Швабрин пуще всего терзал моё воображение. Облечённый властию от самозванца, предводительствуя в крепости, где оставалась несчастная девушка — невинный предмет его ненависти, он мог решиться на всё. Что мне было делать? Как подать ей помощь? Как освободить из рук злодея? Оставалось одно средство: я решился тот же час отправиться в Оренбург, дабы торопить освобождение Белогорской крепости и по возможности тому содействовать. Я простился с священником и с Акулиной Памфиловной, с жаром поручая ей ту, которую почитал уже своею женою. Я взял руку бедной девушки и поцеловал её, орошая слезами. «Прощайте, — говорила мне попадья, провожая меня, — прощайте, Пётр Андреич. Авось увидимся в лучшее время. Не забывайте нас и пишите к нам почаще. Бедная Марья Ивановна, кроме вас, не имеет теперь ни утешения, ни покровителя».

Вышед на площадь, я остановился на минуту, взглянул на виселицу, поклонился ей, вышел из крепости и пошёл по Оренбургской дороге, сопровождаемый Савельичем, который от меня не отставал.

Я шёл, занятый своими размышлениями, как вдруг услышал за собою конский топот. Оглянулся; вижу: из крепости скачет казак, держа башкирскую лошадь в поводья и делая издали мне знаки. Я остановился и вскоре узнал нашего урядника. Он, подскакав, слез с своей лошади и сказал, отдавая мне поводья другой: «Ваше благородие! Отец наш вам жалует лошадь и шубу с своего плеча (к седлу привязан был овчинный тулуп). Да ещё, — примолвил, запинаясь, урядник, — жалует он вам... полтину денег... да я растерял её дорогою; простите великодушно». Савельич посмотрел на него косо и проворчал: «Растерял дорогою! А что же у тебя побрякивает за пазухой? Бессовестный!» — «Что у меня за пазухой-то побрякивает? — возразил урядник, нимало не смутясь. — Бог с тобою, старинушка! Это бренчит уздечка, а не полтина». — «Добро, — сказал я, прерывая спор. — Благодари от меня того, кто тебя прислал; а растерянную полтину постарайся подобрать на возвратном пути и возьми себе на водку». — «Очень благодарен, ваше благородие, — отвечал он, поворачивая свою лошадь, — вечно за вас буду Бога молить». При сих словах он поскакал назад, держась одной рукою за пазуху, и через минуту скрылся из виду.

Я надел тулуп и сел верхом, посадив за собою Савельича. «Вот видишь ли, сударь, — сказал старик, — что я недаром подал мошеннику челобитье: вору-то стало совестно, хоть башкирская долговязая кляча да овчинный тулуп не стоят и половины того, что они, мошенники, у нас украли, и того, что ты ему сам изволил пожаловать; да всё же пригодится, а с лихой собаки хоть шерсти клок».

Глава X
Осада города

Заняв луга и горы,
С вершины, как орёл, бросал на град он взоры.
За станом повелел соорудить раскат
И, в нём перуны скрыв, в нощи привесть под град.

Херасков

ПРИБЛИЖАЯСЬ к Оренбургу, увидели мы толпу колодников с обритыми головами, с лицами, обезображенными щипцами палача. Они работали около укреплений, под надзором гарнизонных инвалидов. Иные вывозили в тележках сор, наполнявший ров; другие лопатками копали землю; на валу каменщики таскали кирпич и чинили городскую стену. У ворот часовые остановили нас и потребовали наших паспортов. Как скоро сержант услышал, что я еду из Белогорской крепости, то и повёл меня прямо в дом генерала.

Я застал его в саду. Он осматривал яблони, обнажённые дыханием осени, и с помощию старого садовника бережно их укутывал тёплой соломой. Лицо его изображало спокойствие, здоровье и добродушие. Он мне обрадовался и стал расспрашивать об ужасных происшествиях, коим я был свидетель. Я рассказал ему всё. Старик слушал меня со вниманием и между тем отрезывал сухие ветви. «Бедный Миронов! — сказал он, когда кончил я свою печальную повесть. — Жаль его: хороший был офицер. И мадам Миронов добрая была дама и какая майстерица грибы солить! А что Маша, капитанская дочка?» Я отвечал, что она осталась в крепости на руках у попадьи. «Ай, ай, ай!

— заметил генерал. — Это плохо, очень плохо. На дисциплину разбойников никак нельзя положиться. Что будет с бедной девушкою?» Я отвечал, что до Белогорской крепости недалеко и что, вероятно, его превосходительство не замедлит выслать войско для освобождения бедных её жителей. Генерал покачал головою с видом недоверчивости. «Посмотрим, посмотрим, — сказал он. — Об этом мы ещё успеем потолковать. Прошу ко мне пожаловать на чашку чаю: сегодня у меня будет военный совет. Ты можешь нам дать верные сведения о бездельнике Пугачёве и об его войске. Теперь покамест поди отдохни».

Я пошёл на квартиру, мне отведённую, где Савельич уже хозяйничал, и с нетерпением стал ожидать назначенного времени. Читатель легко себе представит, что я не преминул явиться на совет, долженствовавший иметь такое влияние на судьбу мою. В назначенный час я уже был у генерала.

Я застал у него одного из городских чиновников, помнится, директора таможни, толстого и румяного старичка в глазетовом кафтане. Он стал расспрашивать меня о судьбе Ивана Кузмича, которого называл кумом, и часто прерывал мою речь дополнительными вопросами и нравоучительными замечаниями, которые если и не обличали в нём человека сведущего в военном искусстве, то по крайней мере обнаруживали сметливость и природный ум. Между тем собрались и прочие приглашённые. Между ими, кроме самого генерала, не было ни одного военного человека. Когда все уселись и всем разнесли по чашке чаю, генерал изложил весьма ясно и пространно, в чём состояло дело. «Теперь, господа, — продолжал он, — надлежит решить, как нам действовать противу мятежников: *наступательно* или *оборонительно?* Каждый из оных способов имеет свою выгоду и невыгоду. Действие наступательное представляет более надежды на скорейшее истребление неприятеля; действие оборонительное более верно и безопасно... Итак, начнём собирать голоса по законному порядку, то есть, начиная с младших по чину. Господин прапорщик! — продолжал он, обращаясь ко мне. — Извольте объяснить нам ваше мнение».

Я встал и, в коротких словах описав сперва Пугачёва и шайку его, сказал утвердительно, что самозванцу способа не было устоять противу правильного оружия.

Мнение моё было принято чиновниками с явною неблагосклонностию. Они видели в нём опрометчивость и дерзость молодого человека. Поднялся ропот, и я услышал явственно слово «молокосос», произнесённое кем-то вполголоса. Генерал обратился ко мне и сказал с улыбкою: «Господин прапорщик! Первые голоса на военных советах подаются обыкновенно в пользу движений наступательных; это законный порядок. Теперь станем продолжать собирание голосов. Господин коллежский советник! скажите нам ваше мнение!»

Старичок в глазетовом кафтане поспешно допил третью свою чашку, значительно разбавленную ромом, и отвечал генералу: «Я думаю, ваше превосходительство, что не должно действовать ни наступательно, ни оборонительно».

— Как же так, господин коллежский советник? — возразил изумлённый генерал. — Других способов тактика не представляет: движение оборонительное или наступательное...

— Ваше превосходительство, двигайтесь подкупательно.

— Э-хе-хе! мнение ваше весьма благоразумно. Движения подкупательные тактикою допускаются, и мы воспользуемся вашим советом. Можно будет обещать за голову бездельника... рублей семьдесят или даже сто... из секретной суммы...

— И тогда, — прервал таможенный директор, — будь я киргизский баран, а не коллежский советник, если эти воры не выдадут нам своего атамана, скованного по рукам и по ногам.

— Мы ещё об этом подумаем и потолкуем, — отвечал генерал. — Однако надлежит во всяком случае предпринять и военные меры. Господа, подайте голоса ваши по законному порядку.

Все мнения оказались противными моему. Все чиновники говорили о ненадёжности войск, о неверности удачи, об осторожности и тому подобном. Все полагали, что благоразумнее оставаться под прикрытием пушек, за крепкой каменной стеною, нежели на открытом поле испытывать счастие оружия. Наконец генерал, выслушав все мнения, вытряхнул пепел из трубки и произнёс следующую речь:

— Государи мои! должен я вам объявить, что с моей стороны я совершенно с мнением господина прапорщика согласен, ибо мнение сие основано на всех правилах здравой тактики, которая всегда почти наступательные движения оборонительным предпочитает.

Тут он остановился и стал набивать свою трубку. Самолюбие моё торжествовало. Я гордо посмотрел на чиновников, которые между собою перешёптывались с видом неудовольствия и беспокойства.

— Но, государи мои, — продолжал он, выпустив, вместе с глубоким вздохом, густую струю табачного дыму, — я не смею взять на себя столь великую ответственность, когда дело идёт о безопасности вверенных мне провинций её императорским величеством, всемилостивейшей моею государыней. Итак, я соглашаюсь с большинством голосов, которое решило, что всего благоразумнее и безопаснее внутри города ожидать осады, а нападения неприятеля силой артиллерии и (буде окажется возможным) вылазками — отражать.

Чиновники, в свою очередь, насмешливо поглядели на меня. Совет разошёлся. Я не мог не сожалеть о слабости почтенного воина, который, наперекор собственному убеждению, решался следовать мнениям людей несведущих и неопытных.

Спустя несколько дней после сего знаменитого совета узнали мы, что Пугачёв, верный своему обещанию, приблизился к Оренбургу. Я увидел войско мятежников с высоты городской стены. Мне показалось, что число их вдесятеро увеличилось со времени последнего приступа, коему был я свидетель. При них была и артиллерия, взятая Пугачёвым в малых крепостях, им уже покорённых. Вспомня решение совета, я предвидел долговременное заключение в стенах оренбургских и чуть не плакал от досады.

Уральские казаки в походе.
Художник Владимиров, 1800

Не стану описывать оренбургскую осаду, которая принадлежит истории, а не семейственным запискам. Скажу вкратце, что сия осада по неосторожности местного начальства была гибельна для жителей, которые претерпели голод и всевозможные бедствия. Легко можно себе вообразить, что жизнь в Оренбурге была самая несносная. Все с унынием ожидали решения своей участи; все охали от дороговизны, которая в самом деле была ужасна. Жители привыкли к ядрам, залетавшим на их дворы; даже приступы Пугачёва уж не привлекали общего любопытства. Я умирал со скуки. Время шло. Писем из Белогорской крепости я не получал. Все дороги были отрезаны. Разлука с Марьей Ивановной становилась мне нестерпима. Неизвестность о её судьбе меня мучила. Единственное развлечение моё состояло в наездничестве. По милости Пугачёва, я имел добрую лошадь, с которой делился скудной пищею и на которой ежедневно выезжал я за город перестреливаться с пугачёвскими наездниками. В этих перестрелках перевес был обыкновенно на стороне злодеев, сытых, пьяных и доброконных. Тощая городовая конница не могла их одолеть. Иногда выходила в поле и наша голодная пехота; но глубина снега мешала ей действовать удачно противу рассеянных наездников. Артиллерия тщетно гремела с высоты вала, а в поле вязла и не двигалась по причине изнурения лошадей. Таков был образ наших военных действий! И вот что оренбургские чиновники называли осторожностию и благоразумием!

Однажды, когда удалось нам как-то рассеять и прогнать довольно густую толпу, наехал я на казака, отставшего от своих товарищей; я готов был уже ударить его своею турецкою саблею, как вдруг он снял шапку и закричал: «Здравствуйте, Пётр Андреич! Как вас Бог милует?»

Я взглянул и узнал нашего урядника. Я несказанно ему обрадовался.

— Здравствуй, Максимыч, — сказал я ему. — Давно ли из Белогорской?

— Недавно, батюшка Пётр Андреич; только вчера воротился. У меня есть к вам письмецо.

— Где ж оно? — вскричал я, весь так и вспыхнув.

— Со мною, — отвечал Максимыч, положив руку за пазуху. — Я обещался Палаше уж как-нибудь да вам доставить. — Тут он подал мне сложенную бумажку и тотчас ускакал. Я развернул её и с трепетом прочёл следующие строки:

«Богу угодно было лишить меня вдруг отца и матери: не имею на земле ни родни, ни покровителей. Прибегаю к вам, зная, что вы всегда желали мне добра и что вы всякому человеку готовы помочь. Молю Бога, чтоб это письмо как-нибудь до вас дошло! Максимыч обещал вам его доставить. Палаша слышала также от Максимыча, что вас он часто издали видит на вылазках и что вы совсем себя не бережёте и не думаете о тех, которые за вас со слезами Бога молят. Я долго была больна; а когда выздоровела, Алексей Иванович, который командует у нас на месте покойного батюшки, принудил отца Герасима выдать меня ему, застращав Пугачёвым. Я живу в нашем доме под караулом. Алексей Иванович принуждает меня выйти за него замуж. Он говорит, что спас мне жизнь, потому что прикрыл обман Акулины Памфиловны, которая сказала злодеям, будто бы я её племянница. А мне легче было бы умереть, нежели сделаться женою такого человека, каков Алексей Иванович. Он обходится со мною очень жестоко и грозится, коли не одумаюсь и не соглашусь, то привезёт меня в лагерь к злодею, и с вами-де то же будет, что с Лизаветой Харловой. Я просила Алексея Ивановича дать мне подумать. Он согласился ждать ещё три дня; а коли через три дня за него не выду, так уж никакой пощады не будет. Батюшка Пётр Андреич! вы один у меня покровитель; заступитесь за меня, бедную. Упросите генерала и всех командиров прислать к нам поскорее сикурсу да приезжайте сами, если можете. Остаюсь вам покорная бедная сирота

Марья Миронова».

Прочитав это письмо, я чуть с ума не сошёл. Я пустился в город, без милосердия пришпоривая бедного моего коня. Дорогою придумывал я и то и другое для избавления бедной девушки и ничего не мог выдумать. Прискакав в город, я отправился прямо к генералу и опрометью к нему вбежал.

Генерал ходил взад и вперёд по комнате, куря свою пенковую трубку. Увидя меня, он остановился. Вероятно, вид мой поразил его; он заботливо осведомился о причине моего поспешного прихода.

— Ваше превосходительство, — сказал я ему, — прибегаю к вам как к отцу родному; ради Бога, не откажите мне в моей просьбе: дело идёт о счастии всей моей жизни.

— Что такое, батюшка? — спросил изумлённый старик. — Что я могу для тебя сделать? Говори.

— Ваше превосходительство, прикажите взять мне роту солдат и полсотни казаков и пустите меня очистить Белогорскую крепость.

Генерал глядел на меня пристально, полагая, вероятно, что я с ума сошёл (в чём почти и не ошибался).

— Как это? Очистить Белогорскую крепость? — сказал он наконец.

— Ручаюсь вам за успех, — отвечал я с жаром. — Только отпустите меня.

— Нет, молодой человек, — сказал он, качая головою. — На таком великом расстоянии неприятелю легко будет отрезать вас от коммуникации с главным стратегическим пунктом и получить над вами совершенную победу. Пресечённая коммуникация...

Я испугался, увидя его завлечённого в военные рассуждения, и спешил его прервать.

— Дочь капитана Миронова, — сказал я ему, — пишет ко мне письмо: она просит помощи; Швабрин принуждает её выйти за него замуж.

— Неужто? О, этот Швабрин превеликий Schelm[2], и если попадётся ко мне в руки, то я велю его судить в двадцать четыре часа, и мы расстреляем его на парапете крепости! Но покамест надобно взять терпение...

— Взять терпение! — вскричал я вне себя. — А он между тем женится на Марье Ивановне!..

— О! — возразил генерал. — Это ещё не беда: лучше ей быть покамест женою Швабрина: он теперь может оказать ей протекцию; а когда его расстреляем, тогда, Бог даст, сыщутся ей и женишки. Миленькие вдовушки в девках не сидят; то есть, хотел я сказать, что вдовушка скорее найдёт себе мужа, нежели девица.

— Скорее соглашусь умереть, — сказал я в бешенстве, — нежели уступить её Швабрину!

— Ба, ба, ба, ба! — сказал старик. — Теперь понимаю: ты, видно, в Марью Ивановну влюблён. О, дело другое! Бедный малый! Но всё же я никак не могу дать тебе роту солдат и полсотни казаков. Эта экспедиция была бы неблагоразумна; я не могу взять её на свою ответственность.

Я потупил голову; отчаяние мною овладело. Вдруг мысль мелькнула в голове моей: в чём оная состояла, читатель увидит из следующей главы, как говорят старинные романисты.

---

[2] плут *(нем.)*.

Глава XI
Мятежная слобода

В ту пору лев был сыт, хоть с роду он свиреп.
«Зачем пожаловать изволил в мой вертеп?» —
Спросил он ласково.

А. Сумароков

Я ОСТАВИЛ генерала и поспешил на свою квартиру. Савельич встретил меня с обыкновенным своим увещанием. «Охота тебе, сударь, переведываться с пьяными разбойниками! Боярское ли это дело? Не ровён час: ни за что пропадёшь. И добро бы уж ходил ты на турку или на шведа, а то грех и сказать на кого».

Я прервал его речь вопросом: сколько у меня всего-нá-все денег? «Будет с тебя, — отвечал он с довольным видом. — Мошенники как там ни шарили, а я всё-таки успел утаить». И с этим словом он вынул из кармана длинный вязаный кошелёк, полный серебра. «Ну, Савельич, — сказал я ему, — отдай же мне теперь половину; а остальное возьми себе. Я еду в Белогорскую крепость».

— Батюшка Пётр Андреич! — сказал добрый дядька дрожащим голосом. — Побойся Бога; как тебе пускаться в дорогу в нынешнее время, когда никуда проезду нет от разбойников! Пожалей ты хоть своих родителей, коли сам себя не жалеешь. Куда тебе ехать? Зачем? Погоди маленько: войска придут, переловят мошенников; тогда поезжай себе хоть на все четыре стороны.

Но намерение моё было твёрдо принято.

— Поздно рассуждать, — отвечал я старику. — Я должен ехать, я не могу не ехать. Не тужи, Савельич: Бог милостив; авось увидимся! Смотри же, не совестись и не скупись. Покупай, что тебе будет нужно, хоть втридорога. Деньги эти я тебе дарю. Если через три дня я не ворочусь...

— Что ты это, сударь? — прервал меня Савельич. — Чтоб я тебя пустил одного! Да этого и во сне не проси. Коли ты уж решился ехать, то я хоть пешком да пойду за тобой, а тебя не покину. Чтоб я стал без тебя сидеть за каменной стеною! Да разве я с ума сошёл? Воля твоя, сударь, а я от тебя не отстану.

Я знал, что с Савельичем спорить было нечего, и позволил ему приготовляться в дорогу. Через полчаса я сел на своего доброго коня, а Савельич на тощую и хромую клячу, которую даром отдал ему один из городских жителей, не имея более средств кормить её. Мы приехали к городским воротам; караульные нас пропустили; мы выехали из Оренбурга.

Начинало смеркаться. Путь мой шёл мимо Бердской слободы, пристанища пугачёвского. Прямая дорога занесена была снегом; но по всей степи видны были конские следы, ежедневно обновляемые. Я ехал крупной рысью. Савельич едва мог следовать за мною издали и кричал мне поминутно: «Потише, сударь, ради Бога потише. Проклятая клячонка моя не успевает за твоим долгоногим бесом. Куда спешишь? Добро бы на пир, а то под обух, того и гляди... Пётр Андреич... батюшка Пётр Андреич!.. Не погуби!.. Господи владыко, пропадёт барское дитя!»

Вскоре засверкали бердские огни. Мы подъехали к оврагам, естественным укреплениям слободы. Савельич от меня не отставал, не прерывая жалобных своих молений. Я надеялся объехать слободу благополучно, как вдруг увидел в сумраке прямо перед собой человек пять мужиков, вооружённых дубинами: это был передовой караул пугачёвского пристанища. Нас окликали. Не зная пароля, я хотел молча проехать мимо их; но они меня тотчас окружили, и один из них схватил лошадь мою за узду. Я выхватил саблю и ударил мужика по голове; шапка спасла его, однако он зашатался и выпустил из рук узду. Прочие смутились и отбежали; я воспользовался этой минутою, пришпорил лошадь и поскакал.

Темнота приближающейся ночи могла избавить меня от всякой опасности, как вдруг, оглянувшись, увидел я, что Савельича со мною не было. Бедный старик на своей хромой лошади не мог ускакать от разбойников. Что было делать? Подождав его несколько минут и удостоверясь в том, что он задержан, я поворотил лошадь и отправился его выручать.

Подъезжая к оврагу, услышал я издали шум, крики и голос моего Савельича. Я поехал скорее и вскоре очутился снова между караульными мужиками, остановившими меня несколько минут тому назад. Савельич находился между ими. Они стащили старика с его клячи и готовились вязать. Прибытие моё их обрадовало. Они с криком бросились на меня и мигом стащили с лошади. Один из них, по-видимому главный, объявил нам, что он сейчас поведёт нас к государю. «А наш батюшка, — прибавил он, — волен приказать: сейчас ли вас повесить, али дождаться свету Божия». Я не противился; Савельич последовал моему примеру, и караульные повели нас с торжеством.

Мы перебрались через овраг и вступили в слободу. Во всех избах горели огни. Шум и крики раздавались везде. На улице я встретил множество народу; но никто в темноте нас не заметил и не узнал во мне оренбургского офицера. Нас привели прямо к избе, стоявшей на углу перекрёстка. У ворот стояло несколько винных бочек и две пушки. «Вот и дворец, — сказал один из мужиков, — сейчас об вас доложим». Он вошёл в избу. Я взглянул на Савельича; старик крестился, читая про себя молитву. Я дожидался долго; наконец мужик воротился и сказал мне: «Ступай: наш батюшка велел впустить офицера».

Я вошёл в избу, или во дворец, как называли её мужики. Она освещена была двумя сальными свечами, а стены оклеены были золотою бумагою; впрочем, лавки, стол, рукомойник на верёвочке, полотенце на гвозде, ухват в углу и широкий шесток, уставленный горшками,

— всё было как в обыкновенной избе. Пугачёв сидел под образами, в красном кафтане, в высокой шапке и важно подбочась. Около него стояло несколько из главных его товарищей, с видом притворного подобострастия. Видно было, что весть о прибытии офицера из Оренбурга пробудила в бунтовщиках сильное любопытство и что они приготовились встретить меня с торжеством. Пугачёв узнал меня с первого взгляду. Поддельная важность его вдруг исчезла. «А, ваше благородие! — сказал он мне с живостию. — Как поживаешь? Зачем тебя Бог принёс?» Я отвечал, что ехал по своему делу и что люди его меня остановили. «А по какому делу?» — спросил он меня. Я не знал, что отвечать. Пугачёв, полагая, что я не хочу объясняться при свидетелях, обратился к своим товарищам и велел им выйти. Все послушались, кроме двух, которые не тронулись с места. «Говори смело при них, — сказал мне Пугачёв, — от них я ничего не таю». Я взглянул наискось на наперсников самозванца. Один из них, щедушный и сгорбленный старичок с седою бородкою, не имел в себе ничего замечательного, кроме голубой ленты, надетой через плечо по серому армяку. Но ввек не забуду его товарища. Он был высокого росту, дороден и широкоплеч, и показался мне лет сорока пяти. Густая рыжая борода, серые сверкающие глаза, нос без ноздрей и красноватые пятна на лбу и на щеках придавали его рябому широкому лицу выражение неизъяснимое. Он был в красной рубахе, в киргизском халате и в казацких шароварах. Первый (как узнал я после) был беглый капрал Белобородов; второй — Афанасий Соколов (прозванный Хлопушей), ссыльный преступник, три раза бежавший из сибирских рудников. Несмотря на чувства, исключительно меня волновавшие, общество, в котором я так нечаянно очутился, сильно развлекало моё воображение. Но Пугачёв привёл меня в себя своим вопросом: «Говори: по какому же делу выехал ты из Оренбурга?»

Странная мысль пришла мне в голову: мне показалось, что провидение, вторично приведшее меня к Пугачёву, подавало мне случай привести в действо моё намерение. Я решился им воспользоваться и, не успев обдумать то, на что решался, отвечал на вопрос Пугачёва:

— Я ехал в Белогорскую крепость избавить сироту, которую там обижают.

Глаза у Пугачёва засверкали. «Кто из моих людей смеет обижать сироту? — закричал он. — Будь он семи пядень во лбу, а от суда моего не уйдёт. Говори: кто виноватый?»

— Швабрин виноватый, — отвечал я. — Он держит в неволе ту девушку, которую ты видел, больную, у попадьи, и насильно хочет на ней жениться.

— Я проучу Швабрина, — сказал грозно Пугачёв. — Он узнает, каково у меня своевольничать и обижать народ. Я его повешу.

— Прикажи слово молвить, — сказал Хлопуша хриплым голосом. — Ты поторопился назначить Швабрина в коменданты крепости, а теперь торопишься его вешать. Ты уж оскорбил казаков, посадив дворянина им в начальники; не пугай же дворян, казня их по первому наговору.

— Нечего их ни жалеть, ни жаловать! — сказал старичок в голубой ленте. — Швабрина сказнить не беда; а не худо и господина офицера допросить порядком: зачем изволил пожаловать. Если он тебя государем не признаёт, так нечего у тебя и управы искать, а коли признаёт, что же он до сегодняшнего дня сидел в Оренбурге с твоими супостатами? Не прикажешь ли свести его в приказную да запалить там огоньку: мне сдаётся, что его милость подослан к нам от оренбургских командиров.

Логика старого злодея показалась мне довольно убедительною. Мороз пробежал по всему моему телу при мысли, в чьих руках я находился. Пугачёв заметил моё смущение. «Ась, ваше благородие? — сказал он мне подмигивая. — Фельдмаршал мой, кажется, говорит дело. Как ты думаешь?»

Насмешка Пугачёва возвратила мне бодрость. Я спокойно отвечал, что я нахожусь в его власти и что он волен поступать со мною, как ему будет угодно.

— Добро, — сказал Пугачёв. — Теперь скажи, в каком состоянии ваш город.

— Слава Богу, — отвечал я, — всё благополучно.

— Благополучно? — повторил Пугачёв. — А народ мрёт с голоду!

Самозванец говорил правду; но я по долгу присяги стал уверять, что всё это пустые слухи и что в Оренбурге довольно всяких запасов.

— Ты видишь, — подхватил старичок, — что он тебя в глаза обманывает. Все беглецы согласно показывают, что в Оренбурге голод и мор, что там едят мертвечину, и то за честь; а его милость уверяет, что всего вдоволь. Коли ты Швабрина хочешь повесить, то уж на той же виселице повесь и этого молодца, чтоб никому не было завидно.

Слова проклятого старика, казалось, поколебали Пугачёва. К счастию, Хлопуша стал противоречить своему товарищу.

— Полно, Наумыч, — сказал он ему. — Тебе бы всё душить да резать. Что ты за богатырь? Поглядеть, так в чём душа держится. Сам в могилу смотришь, а других губишь. Разве мало крови на твоей совести?

— Да ты что за угодник? — возразил Белобородов. — У тебя-то откуда жалость взялась?

— Конечно, — отвечал Хлопуша, — и я грешен, и эта рука (тут он сжал свой костливый кулак и, засуча рукава, открыл косматую руку), и эта рука повинна в пролитой христианской крови. Но я губил супротивника, а не гостя; на вольном перепутье, да в тёмном лесу, не дома, сидя за печью; кистенём и обухом, а не бабьим наговором.

Старик отворотился и проворчал слова: «рваные ноздри!»...

— Что ты там шепчешь, старый хрыч? — закричал Хлопуша. — Я тебе дам рваные ноздри; погоди, придёт и твоё время; Бог даст, и ты щипцов понюхаешь... А покамест смотри, чтоб я тебе бородишки не вырвал!

— Господа енаралы! — провозгласил важно Пугачёв. — Полно вам ссориться. Не беда, если б и все оренбургские собаки дрыгали ногами под одной перекладиной; беда, если наши кобели меж собою перегрызутся. Ну, помиритесь.

Хлопуша и Белобородов не сказали ни слова и мрачно смотрели друг на друга. Я увидел необходимость переменить разговор, который мог кончиться для меня очень невыгодным образом, и, обратясь к Пугачёву, сказал ему с весёлым видом: «Ах! я было и забыл благодарить тебя за лошадь и за тулуп. Без тебя я не добрался бы до города и замёрз бы на дороге».

Уловка моя удалась. Пугачёв развеселился. «Долг платежом красен, — сказал он, мигая и прищуриваясь. — Расскажи-ка мне теперь, какое тебе дело до той девушки, которую Швабрин обижает? Уж не зазноба ли сердцу молодецкому? а?»

— Она невеста моя, — отвечал я Пугачёву, видя благоприятную перемену погоды и не находя нужды скрывать истину.

— Твоя невеста! — закричал Пугачёв. — Что ж ты прежде не сказал? Да мы тебя женим и на свадьбе твоей попируем! — Потом, обращаясь к Белобородову: — Слушай, фельдмаршал! Мы с его благородием старые приятели; сядем-ка да поужинаем; утро вечера мудренее. Завтра посмотрим, что с ним сделаем.

Я рад был отказаться от предлагаемой чести, но делать было нечего. Две молодые казачки, дочери хозяина избы, накрыли стол белой скатертью, принесли хлеба, ухи и несколько штофов с вином и пивом, и я вторично очутился за одною трапезою с Пугачёвым и с его страшными товарищами.

Оргия, коей я был невольным свидетелем, продолжалась до глубокой ночи. Наконец хмель начал одолевать собеседников. Пугачёв задремал, сидя на своём месте; товарищи его встали и дали мне знак оставить его. Я вышел вместе с ними. По распоряжению Хлопуши, караульный отвёл меня в приказную избу, где я нашёл и Савельича и где меня оставили с ним взаперти. Дядька был в таком изумлении при виде всего, что происходило, что не сделал мне никакого вопроса. Он улёгся в темноте и долго вздыхал и охал; наконец захрапел, а я предался размышлениям, которые во всю ночь ни на одну минуту не дали мне задремать.

Поутру пришли меня звать от имени Пугачёва. Я пошёл к нему. У ворот его стояла кибитка, запряжённая тройкою татарских лошадей. Народ толпился на улице. В сенях встретил я Пугачёва: он был одет по-дорожному, в шубе и в киргизской шапке. Вчерашние собеседники окружали его, приняв на себя вид подобострастия, который сильно противуречил всему, чему я был свидетелем накануне. Пугачёв весело со мною поздоровался и велел мне садиться с ним в кибитку.

Мы уселись. «В Белогорскую крепость!» — сказал Пугачёв широкоплечему татарину, стоя правящему тройкою. Сердце моё сильно забилось. Лошади тронулись, колокольчик загремел, кибитка полетела...

«Стой! стой!» — раздался голос, слишком мне знакомый, — и я увидел Савельича, бежавшего нам навстречу. Пугачёв велел остановиться. «Батюшка, Пётр Андреич! — кричал дядька. — Не покинь меня на старости лет посреди этих мошен...» — «А, старый хрыч! — сказал ему Пугачёв. — Опять Бог дал свидеться. Ну, садись на облучок».

— Спасибо, государь, спасибо, отец родной! — говорил Савельич усаживаясь. — Дай Бог тебе сто лет здравствовать за то, что меня старика призрил и успокоил. Век за тебя буду Бога молить, а о заячьем тулупе и упоминать уж не стану.

Этот заячий тулуп мог наконец не на шутку рассердить Пугачёва. К счастию, самозванец или не расслыхал, или пренебрёг неуместным намёком. Лошади поскакали; народ на улице останавливался и кланялся в пояс. Пугачёв кивал головою на обе стороны. Через минуту мы выехали из слободы и помчались по гладкой дороге.

Легко можно себе представить, что чувствовал я в эту минуту. Через несколько часов должен я был увидеться с той, которую почитал уже для меня потерянною. Я воображал себе минуту нашего соединения... Я думал также и о том человеке, в чьих руках находилась моя судьба и который по странному стечению обстоятельств таин-

Художник Иванов С. В., 1899

ственно был со мною связан. Я вспоминал об опрометчивой жестокости, о кровожадных привычках того, кто вызывался быть избавителем моей любезной! Пугачёв не знал, что она была дочь капитана Миронова; озлобленный Швабрин мог открыть ему всё; Пугачёв мог проведать истину и другим образом... Тогда что станется с Марьей Ивановной? Холод пробегал по моему телу, и волоса становились дыбом...

Вдруг Пугачёв прервал мои размышления, обратясь ко мне с вопросом:

— О чём, ваше благородие, изволил задуматься?

— Как не задуматься, — отвечал я ему. — Я офицер и дворянин; вчера ещё дрался противу тебя, а сегодня еду с тобой в одной кибитке, и счастие всей моей жизни зависит от тебя.

— Что ж? — спросил Пугачёв. — Страшно тебе?

Я отвечал, что, быв однажды уже им помилован, я надеялся не только на его пощаду, но даже и на помощь.

— И ты прав, ей-богу прав! — сказал самозванец. — Ты видел, что мои ребята смотрели на тебя косо; а старик и сегодня настаивал на том, что ты шпион и что надобно тебя пытать и повесить; но я не согласился, — прибавил он, понизив голос, чтоб Савельич и татарин не могли его услышать, — помня твой стакан вина и заячий тулуп. Ты видишь, что я не такой ещё кровопийца, как говорит обо мне ваша братья.

Я вспомнил взятие Белогорской крепости; но не почёл нужным его оспоривать и не отвечал ни слова.

— Что говорят обо мне в Оренбурге? — спросил Пугачёв, помолчав немного.

— Да, говорят, что с тобою сладить трудновато; нечего сказать: дал ты себя знать.

Лицо самозванца изобразило довольное самолюбие.

— Да! — сказал он с весёлым видом. — Я воюю хоть куда. Знают ли у вас в Оренбурге о сражении под Юзеевой? Сорок енаралов убито, четыре армии взято в полон. Как ты думаешь: прусский король мог ли бы со мною потягаться?

Хвастливость разбойника показалась мне забавна.

— Сам как ты думаешь? — сказал я ему, — управился ли бы ты с Фридериком?

— С Фёдор Фёдоровичем? А как же нет? С вашими енаралами ведь я же управляюсь; а они его бивали. Доселе оружие моё было счастливо. Дай срок, то ли ещё будет, как пойду на Москву.

— А ты полагаешь идти на Москву?

Самозванец несколько задумался и сказал вполголоса:

— Бог весть. Улица моя тесна; воли мне мало. Ребята мои умничают. Они воры. Мне должно держать ухо востро; при первой неудаче они свою шею выкупят моею головою.

— То-то! — сказал я Пугачёву. — Не лучше ли тебе отстать от них самому, заблаговременно, да прибегнуть к милосердию государыни?

Пугачёв горько усмехнулся.

— Нет, — отвечал он, — поздно мне каяться. Для меня не будет помилования. Буду продолжать как начал. Как знать? Авось и удастся! Гришка Отрепьев ведь поцарствовал же над Москвою.

— А знаешь ты, чем он кончил? Его выбросили из окна, зарезали, сожгли, зарядили его пеплом пушку и выпалили!

— Слушай, — сказал Пугачёв с каким-то диким вдохновением. — Расскажу тебе сказку, которую в ребячестве мне рассказывала старая калмычка. Однажды орёл спрашивал у ворона: скажи, ворон-птица, отчего живёшь ты на белом свете триста лет, а я всего-на́-все только тридцать три года? — Оттого, батюшка, отвечал ему ворон, что ты пьёшь живую кровь, а я питаюсь мертвечиной. Орёл подумал: давай попробуем и мы питаться тем же. Хорошо. Полетели орёл да ворон. Вот завидели палую лошадь; спустились и сели. Ворон стал клевать да похваливать. Орёл клюнул раз, клюнул другой, махнул крылом и сказал ворону: нет, брат ворон; чем триста лет питаться падалью, лучше раз напиться живой кровью, а там что Бог даст! — Какова калмыцкая сказка?

— Затейлива, — отвечал я ему. — Но жить убийством и разбоем значит по мне клевать мертвечину.

Пугачёв посмотрел на меня с удивлением и ничего не отвечал. Оба мы замолчали, погрузясь каждый в свои размышления. Татарин затянул унылую песню; Савельич, дремля, качался на облучке. Кибитка летела по гладкому зимнему пути... Вдруг увидел я деревушку на крутом берегу Яика, с частоколом и с колокольней — и через четверть часа въехали мы в Белогорскую крепость.

Глава XII
Сирота

Как у нашей у яблонки
Ни верхушки нет, ни отросточек;
Как у нашей у княгинюшки
Ни отца нету, ни матери.
Снарядить-то её некому,
Благословить-то её некому.

Свадебная песня

КИБИТКА подъехала к крыльцу комендантского дома. Народ узнал колокольчик Пугачёва и толпою бежал за нами. Швабрин встретил самозванца на крыльце. Он был одет казаком и отрастил себе бороду. Изменник помог Пугачёву вылезть из кибитки, в подлых выражениях изъявляя свою радость и усердие. Увидя меня, он смутился; но вскоре оправился, протянул мне руку, говоря: «И ты наш? Давно бы так!» Я отворотился от него и ничего не отвечал.

Сердце моё заныло, когда очутились мы в давно знакомой комнате, где на стене висел ещё диплом покойного коменданта, как печальная эпитафия прошедшему времени. Пугачёв сел на том диване, на котором, бывало, дремал Иван Кузмич, усыплённый ворчанием своей супруги. Швабрин сам поднёс ему водки. Пугачёв выпил рюмку и сказал ему, указав на меня: «Попотчуй и его благородие». Швабрин подошёл ко мне с своим подносом; но я вторично от него отворотился. Он казался сам не свой. При обыкновенной своей сметливости он, конечно, догадался, что Пугачёв был им недоволен. Он трусил перед ним, а на меня поглядывал с недоверчивостию. Пугачёв осведомился о состоянии крепости, о слухах про неприятельские войска и тому подобном, и вдруг спросил его неожиданно:

— Скажи, братец, какую девушку держишь ты у себя под караулом? Покажи-ка мне её.

Швабрин побледнел как мёртвый.

— Государь, — сказал он дрожащим голосом... — Государь, она не под караулом... она больна... она в светлице лежит.

— Веди ж меня к ней, — сказал самозванец, вставая с места. Отговориться было невозможно. Швабрин повёл Пугачёва в светлицу Марьи Ивановны. Я за ними последовал.

Швабрин остановился на лестнице.

— Государь! — сказал он. — Вы властны требовать от меня, что вам угодно; но не прикажите постороннему входить в спальню к жене моей.

Я затрепетал.

— Так ты женат! — сказал я Швабрину, готовяся его растерзать.

— Тише! — прервал меня Пугачёв. — Это моё дело. А ты, — продолжал он, обращаясь к Швабрину, — не умничай и не ломайся: жена ли она тебе, или не жена, а я веду к ней кого хочу. Ваше благородие, ступай за мною.

У дверей светлицы Швабрин опять остановился и сказал прерывающимся голосом:

— Государь, предупреждаю вас, что она в белой горячке и третий день как бредит без умолку.

— Отворяй! — сказал Пугачёв.

Швабрин стал искать у себя в карманах и сказал, что не взял с собою ключа. Пугачёв толкнул дверь ногою; замок отскочил; дверь отворилась, и мы вошли.

Я взглянул и обмер. На полу, в крестьянском оборванном платье сидела Марья Ивановна, бледная, худая, с растрёпанными волосами. Перед нею стоял кувшин воды, накрытый ломтём хлеба. Увидя меня, она вздрогнула и закричала. Что тогда со мною стало — не помню.

Пугачёв посмотрел на Швабрина и сказал с горькой усмешкою:

— Хорош у тебя лазарет! — Потом, подошед к Марье Ивановне: — Скажи мне, голубушка, за что твой муж тебя наказывает? в чём ты перед ним провинилась?

— Мой муж! — повторила она. — Он мне не муж. Я никогда не буду его женою! Я лучше решилась умереть, и умру, если меня не избавят.

Пугачёв взглянул грозно на Швабрина.

— И ты смел меня обманывать! — сказал он ему. — Знаешь ли, бездельник, чего ты достоин?

Швабрин упал на колени... В эту минуту презрение заглушило во мне все чувства ненависти и гнева. С омерзением глядел я на дворянина, валяющегося в ногах беглого казака. Пугачёв смягчился.

— Милую тебя на сей раз, — сказал он Швабрину, — но знай, что при первой вине тебе припомнится и эта.

Потом обратился он к Марье Ивановне и сказал ей ласково:

— Выходи, красная девица; дарую тебе волю. Я государь.

Марья Ивановна быстро взглянула на него и догадалась, что перед нею убийца её родителей. Она закрыла лицо обеими руками и упала без чувств. Я кинулся к ней; но в эту минуту очень смело в комнату втёрлась моя старинная знакомая Палаша и стала ухаживать за своею барышнею. Пугачёв вышел из светлицы, и мы трое сошли в гостиную.

— Что, ваше благородие? — сказал, смеясь, Пугачёв. — Выручили красную девицу! Как думаешь, не послать ли за попом, да не заставить ли его обвенчать племянницу? Пожалуй, я буду посажёным отцом, Швабрин дружкою; закутим, запьём — и ворота запрём!

Чего я опасался, то и случилось. Швабрин, услыша предложение Пугачёва, вышел из себя.

— Государь! — закричал он в исступлении. — Я виноват, я вам солгал; но и Гринёв вас обманывает. Эта де-

вушка не племянница здешнего попа: она дочь Ивана Миронова, который казнён при взятии здешней крепости.

Пугачёв устремил на меня огненные свои глаза.

— Это что ещё? — спросил он меня с недоумением.

— Швабрин сказал тебе правду, — отвечал я с твёрдостию.

— Ты мне этого не сказал, — заметил Пугачёв, у коего лицо омрачилось.

— Сам ты рассуди, — отвечал я ему, — можно ли было при твоих людях объявить, что дочь Миронова жива. Да они бы её загрызли. Ничто её бы не спасло!

— И то правда, — сказал, смеясь, Пугачёв. — Мои пьяницы не пощадили бы бедную девушку. Хорошо сделала кумушка-попадья, что обманула их.

— Слушай, — продолжал я, видя его доброе расположение. — Как тебя назвать не знаю, да и знать не хочу... Но Бог видит, что жизнию моей рад бы я заплатить тебе за то, что ты для меня сделал. Только не требуй того, что противно чести моей и христианской совести. Ты мой благодетель. Доверши как начал: отпусти меня с бедной сиротою, куда нам Бог путь укажет. А мы, где бы ты ни был и что бы с тобою ни случилось, каждый день будем Бога молить о спасении грешной твоей души...

Казалось, суровая душа Пугачёва была тронута. «Ин быть по-твоему! — сказал он. — Казнить так казнить, жаловать так жаловать: таков мой обычай. Возьми себе свою красавицу; вези её куда хочешь, и дай вам Бог любовь да совет!»

Тут он оборотился к Швабрину и велел выдать мне пропуск во все заставы и крепости, подвластные ему.

Швабрин, совсем уничтоженный, стоял как остолбенелый. Пугачёв отправился осматривать крепость. Швабрин его сопровождал; а я остался под предлогом приготовлений к отъезду.

Я побежал в светлицу. Двери были заперты. Я постучался. «Кто там?» — спросила Палаша. Я назвался. Милый голосок Марьи Ивановны раздался из-за дверей. «Погодите, Пётр Андреич. Я переодеваюсь. Ступайте к Акулине Памфиловне: я сейчас туда же буду».

Я повиновался и пошёл в дом отца Герасима. И он и попадья выбежали ко мне навстречу. Савельич их уже предупредил. «Здравствуйте, Пётр Андреич, — говорила попадья. — Привёл Бог опять увидеться. Как поживаете? А мы-то про вас каждый день поминали. А Марья-то Ивановна всего натерпелась без вас, моя голубушка!.. Да скажите, мой отец, как это вы с Пугачёвым-то поладили? Как он это вас не укокошил? Добро, спасибо злодею и за то». — «Полно, старуха, — прервал отец Герасим. — Не всё то ври, что знаешь. Несть спасения во многом глаголании. Батюшка Пётр Андреич! войдите, милости просим. Давно, давно не видались».

Попадья стала угощать меня чем Бог послал. А между тем говорила без умолку. Она рассказала мне, каким образом Швабрин принудил их выдать ему Марью Ивановну; как Марья Ивановна плакала и не хотела с ними расстаться; как Марья Ивановна имела с нею всегдашние сношения через Палашку (девку бойкую, которая и урядника заставляет плясать по своей дудке); как она присоветовала Марье Ивановне написать ко мне письмо и прочее. Я, в свою очередь, рассказал ей вкратце свою историю. Поп и попадья крестились, услыша, что Пугачёву известен их обман. «С нами сила крестная! — говорила Акулина Памфиловна. — Промчи Бог тучу мимо. Ай да Алексей Иваныч; нечего сказать: хорош гусь!» В самую эту минуту дверь отворилась, и Марья Ивановна вошла с улыбкою на бледном лице. Она оставила своё крестьянское платье и одета была по-прежнему просто и мило.

Я схватил её руку и долго не мог вымолвить ни одного слова. Мы оба молчали от полноты сердца. Хозяева наши почувствовали, что нам было не до них, и оставили нас. Мы остались одни. Всё было забыто. Мы говорили и не могли наговориться. Марья Ивановна рассказала мне всё, что с нею ни случилось с самого взятия крепости; описала мне весь ужас её положения, все испытания, которым подвергал её гнусный Швабрин. Мы вспомнили и прежнее счастливое время... Оба мы плакали... Наконец я стал объяснять ей мои предположения. Оставаться ей в крепости, подвластной Пугачёву и управляемой Швабриным, было невозможно. Нельзя было думать и об Оренбурге, претерпевающем все бедствия осады. У ней не было на свете ни одного родного человека. Я предложил ей ехать в деревню к моим родителям. Она сначала колебалась: известное ей неблагорасположение отца моего её пугало. Я её успокоил. Я знал, что отец почтёт за счастие и вменит себе в обязанность принять дочь заслуженного воина, погибшего за отечество. «Милая Марья Ивановна! — сказал я наконец. — Я почитаю тебя своею женою. Чудные обстоятельства соединили нас неразрывно: ничто на свете не может нас разлучить». Марья Ивановна выслушала меня просто, без притворной застенчивости, без затейливых отговорок. Она чувствовала, что судьба её соединена была с моею. Но она повторила, что не иначе будет моею женою, как с согласия моих родителей. Я ей и не противуречил. Мы поцеловались горячо, искренно — и таким образом всё было между нами решено.

Через час урядник принёс мне пропуск, подписанный каракульками Пугачёва, и позвал меня к нему от его имени. Я нашёл его готового пуститься в дорогу. Не могу изъяснить то, что я чувствовал, расставаясь с этим ужасным человеком, извергом, злодеем для всех, кроме одного меня. Зачем не сказать истины? В эту минуту сильное сочувствие влекло меня к нему. Я пламенно желал вырвать его из среды злодеев, которыми он предводительствовал, и спасти его голову, пока ещё было время. Швабрин и народ, толпящийся около нас, помешали мне высказать всё, чем исполнено было моё сердце.

Мы расстались дружески. Пугачёв, увидя в толпе Акулину Памфиловну, погрозил пальцем и мигнул значительно; потом сел в кибитку, велел ехать в Берду, и когда лошади тронулись, то он ещё раз высунулся из кибитки и закричал мне: «Прощай, ваше благородие! Авось увидимся когда-нибудь». Мы точно с ним увиделись, но в каких обстоятельствах!..

Пугачёв уехал. Я долго смотрел на белую степь, по которой неслась его тройка. Народ разошёлся. Швабрин скрылся. Я воротился в дом священника. Всё было готово к нашему отъезду; я не хотел более медлить. Добро наше всё было уложено в старую комендантскую повозку. Ямщики мигом заложили лошадей. Марья Ивановна пошла проститься с могилами своих родителей, похороненных за церковью. Я хотел её проводить, но она просила меня оставить её одну. Через несколько минут она воротилась, обливаясь молча тихими слезами. Повозка была подана. Отец Герасим и жена его вышли на крыльцо. Мы сели в кибитку втроём: Марья Ивановна с Палашей и я. Савельич забрался на облучок. «Прощай, Марья Ивановна, моя голубушка! прощайте, Пётр Андреич, сокол наш ясный! — говорила добрая попадья. — Счастливый путь, и дай Бог вам обоим счастия!» Мы поехали. У окошка комендантского дома я увидел стоящего Швабрина. Лицо его изображало мрачную злобу. Я не хотел торжествовать над уничтоженным врагом и обратил глаза в другую сторону. Наконец мы выехали из крепостных ворот и навек оставили Белогорскую крепость.

Глава XIII
Арест

Не гневайтесь, сударь: по долгу моему
Я должен сей же час отправить вас в тюрьму.
— Извольте, я готов; но я в такой надежде,
Что дело объяснить дозволите мне прежде.

Княжнин

СОЕДИНЁННЫЙ так нечаянно с милой девушкою, о которой ещё утром я так мучительно беспокоился, я не верил самому себе и воображал, что всё со мною случившееся было пустое сновидение. Марья Ивановна глядела с задумчивостию то на меня, то на дорогу и, казалось, не успела ещё опомниться и прийти в себя. Мы молчали. Сердца наши слишком были утомлены. Неприметным образом часа через два очутились мы в ближней крепости, также подвластной Пугачёву. Здесь мы переменили лошадей. По скорости, с каковой их запрягали, по торопливой услужливости брадатого казака, поставленного Пугачёвым в коменданты, я увидел, что, благодаря болтливости ямщика, нас привёзшего, меня принимали как придворного временщика.

Мы отправились далее. Стало смеркаться. Мы приблизились к городку, где, по словам бородатого коменданта, находился сильный отряд, идущий на соединение к самозванцу. Мы были остановлены караульными. На вопрос: кто едет? — ямщик отвечал громогласно: «Государев кум со своею хозяюшкою». Вдруг толпа гусаров окружила нас с ужасною бранью. «Выходи, бесов кум! —

сказал мне усастый вахмистр. — Вот ужо тебе будет баня, и с твоею хозяюшкою!»

Я вышел из кибитки и требовал, чтоб отвели меня к их начальнику. Увидя офицера, солдаты прекратили брань. Вахмистр повёл меня к майору. Савельич от меня не отставал, поговаривая про себя: «Вот тебе и государев кум! Из огня да в полымя... Господи владыко! чем это всё кончится?» Кибитка шагом поехала за нами.

Через пять минут мы пришли к домику, ярко освещённому. Вахмистр оставил меня при карауле и пошёл обо мне доложить. Он тотчас же воротился, объявив мне, что его высокоблагородию некогда меня принять, а что он велел отвести меня в острог, а хозяюшку к себе привести.

— Что это значит? — закричал я в бешенстве. — Да разве он с ума сошёл?

— Не могу знать, ваше благородие, — отвечал вахмистр. — Только его высокоблагородие приказал ваше благородие отвести в острог, а её благородие приказано привести к его высокоблагородию, ваше благородие!

Я бросился на крыльцо. Караульные не думали меня удерживать, и я прямо вбежал в комнату, где человек шесть гусарских офицеров играли в банк. Майор метал. Каково было моё изумление, когда, взглянув на него, узнал я Ивана Ивановича Зурина, некогда обыгравшего меня в Симбирском трактире!

— Возможно ли? — вскричал я. — Иван Иваныч! ты ли?

— Ба, ба, ба, Пётр Андреич! Какими судьбами? Откуда ты? Здорово, брат. Не хочешь ли поставить карточку?

— Благодарен. Прикажи-ка лучше отвести мне квартиру.

— Какую тебе квартиру? Оставайся у меня.

— Не могу: я не один.

— Ну, подавай сюда и товарища.

— Я не с товарищем; я... с дамою.

— С дамою! Где же ты её подцепил? Эге, брат! — (При сих словах Зурин засвистел так выразительно, что все захохотали, а я совершенно смутился.)

— Ну, — продолжал Зурин, — так и быть. Будет тебе квартира. А жаль... Мы бы попировали по-старинному... Гей! малый! Да что ж сюда не ведут кумушку-то Пугачёва? или она упрямится? Сказать ей, чтоб она не боялась: барин-де прекрасный; ничем не обидит, да хорошенько её в шею.

— Что ты это? — сказал я Зурину. — Какая кумушка Пугачёва? Это дочь покойного капитана Миронова. Я вывез её из плена и теперь провожаю до деревни батюшкиной, где и оставлю её.

— Как! Так это о тебе мне сейчас докладывали? Помилуй! что ж это значит?

— После всё расскажу. А теперь, ради Бога, успокой бедную девушку, которую гусары твои перепугали.

Зурин тотчас распорядился. Он сам вышел на улицу извиняться перед Марьей Ивановной в невольном недоразумении и приказал вахмистру отвести ей лучшую квартиру в городе. Я остался ночевать у него.

Мы отужинали, и, когда остались вдвоём, я рассказал ему свои похождения. Зурин слушал меня с большим вниманием. Когда я кончил, он покачал головою и сказал: «Всё это, брат, хорошо; одно нехорошо: зачем тебя чёрт несёт жениться? Я, честный офицер, не захочу тебя обманывать: поверь же ты мне, что женитьба блажь. Ну, куда тебе возиться с женою да нянчиться с ребятишками? Эй, плюнь. Послушайся меня: развяжись ты с капитанскою дочкой. Дорога в Симбирск мною очищена и безопасна. Отправь её завтра ж одну к родителям твоим; а сам оставайся у меня в отряде. В Оренбург возвращаться тебе незачем. Попадёшься опять в руки бунтовщикам, так вряд ли от них ещё раз отделаешься. Таким образом любовная дурь пройдёт сама собою, и всё будет ладно».

Хотя я не совсем был с ним согласен, однако ж чувствовал, что долг чести требовал моего присутствия в войске императрицы. Я решился последовать совету Зурина: отправить Марью Ивановну в деревню и остаться в его отряде.

Савельич явился меня раздевать; я объявил ему, чтоб на другой же день готов он был ехать в дорогу с Марьей

Ивановной. Он было заупрямился. «Что ты, сударь? Как же я тебя-то покину? Кто за тобою будет ходить? Что скажут родители твои?»

Зная упрямство дядьки моего, я вознамерился убедить его лаской и искренностию. «Друг ты мой, Архип Савельич! — сказал я ему. — Не откажи, будь мне благодетелем; в прислуге здесь я нуждаться не стану, а не буду спокоен, если Марья Ивановна поедет в дорогу без тебя. Служа ей, служишь ты и мне, потому что я твёрдо решился, как скоро обстоятельства дозволят, жениться на ней».

Тут Савельич сплеснул руками с видом изумления неописанного.

— Жениться! — повторил он. — Дитя хочет жениться! А что скажет батюшка, а матушка-то что подумает?

— Согласятся, верно согласятся, — отвечал я, — когда узнают Марью Ивановну. Я надеюсь и на тебя. Батюшка и матушка тебе верят: ты будешь за нас ходатаем, не так ли?

Старик был тронут. «Ох, батюшка ты мой Пётр Андреич! — отвечал он. — Хоть раненько задумал ты жениться, да зато Марья Ивановна такая добрая барышня, что грех и пропустить оказию. Ин быть по-твоему! Провожу её, ангела Божия, и рабски буду доносить твоим родителям, что такой невесте не надобно и приданого».

Я благодарил Савельича и лёг спать в одной комнате с Зуриным. Разгорячённый и взволнованный, я разболтался. Зурин сначала со мною разговаривал охотно; но мало-помалу слова его стали реже и бессвязнее; наконец, вместо ответа на какой-то запрос, он захрапел и присвистнул. Я замолчал и вскоре последовал его примеру.

На другой день утром пришёл я к Марье Ивановне. Я сообщил ей свои предположения. Она признала их благоразумие и тотчас со мною согласилась.

Отряд Зурина должен был выступить из города в тот же день. Нечего было медлить. Я тут же расстался с Марьей Ивановной, поручив её Савельичу и дав ей письмо к моим родителям. Марья Ивановна заплакала. «Прощайте, Пётр Андреич! — сказала она тихим голосом. — Придётся ли нам увидаться, или нет, Бог один это знает; но век не забуду вас; до могилы ты один останешься в моём сердце». Я ничего не мог отвечать. Люди нас окружали. Я не хотел при них предаваться чувствам, которые меня волновали. Наконец она уехала. Я возвратился к Зурину, грустен и молчалив. Он хотел меня развеселить; я думал себя рассеять: мы провели день шумно и буйно и вечером выступили в поход.

Это было в конце февраля. Зима, затруднявшая военные распоряжения, проходила, и наши генералы готовились к дружному содействию. Пугачёв всё ещё стоял под Оренбургом. Между тем около его отряды соединялись и со всех сторон приближались к злодейскому гнезду. Бунтующие деревни, при виде наших войск, приходили в повиновение; шайки разбойников везде бежали от нас, и всё предвещало скорое и благополучное окончание.

Вскоре князь Голицын, под крепостию Татищевой, разбил Пугачёва, рассеял его толпы, освободил Оренбург, и, казалось, нанёс бунту последний и решительный удар. Зурин был в то время отряжён противу шайки мятежных башкирцев, которые рассеялись прежде, нежели мы их увидали. Весна осадила нас в татарской деревушке. Речки разлились, и дороги стали непроходимы. Мы утешались в нашем бездействии мыслию о скором прекращении скучной и мелочной войны с разбойниками и дикарями.

Но Пугачёв не был пойман. Он явился на сибирских заводах, собрал там новые шайки и опять начал злодействовать. Слух о его успехах снова распространился. Мы узнали о разорении сибирских крепостей. Вскоре весть о взятии Казани и о походе самозванца на Москву встревожила начальников войск, беспечно дремавших в надежде на бессилие презренного бунтовщика. Зурин получил повеление переправиться через Волгу.

Не стану описывать нашего похода и окончания войны. Скажу коротко, что бедствие доходило до крайности. Мы проходили через селения, разорённые бунтовщиками, и поневоле отбирали у бедных жителей то, что успели они спасти. Правление было повсюду прекращено: помещики укрывались по лесам. Шайки разбойни-

Емельян Пугачёв. Неизвестный художник 18 в.

ков злодействовали повсюду; начальники отдельных отрядов самовластно наказывали и миловали; состояние всего обширного края, где свирепствовал пожар, было ужасно... Не приведи Бог видеть русский бунт, бессмысленный и беспощадный!

Пугачёв бежал, преследуемый Иваном Ивановичем Михельсоном. Вскоре узнали мы о совершенном его разбитии. Наконец Зурин получил известие о поимке самозванца, а вместе с тем и повеление остановиться. Война была кончена. Наконец мне можно было ехать к моим родителям! Мысль их обнять, увидеть Марью Ивановну, от которой не имел я никакого известия, одушевляла меня восторгом. Я прыгал как ребёнок. Зурин смеялся и говорил, пожимая плечами: «Нет, тебе несдобровать! Женишься — ни за что пропадёшь!»

Но между тем странное чувство отравляло мою радость: мысль о злодее, обрызганном кровию стольких невинных жертв, и о казни, его ожидающей, тревожила меня поневоле: «Емеля, Емеля! — думал я с досадою, — зачем не наткнулся ты на штык или не подвернулся под картечь? Лучше ничего не мог бы ты придумать». Что прикажете делать? Мысль о нём неразлучна была во мне с мыслию о пощаде, данной мне им в одну из ужасных минут его жизни, и об избавлении моей невесты из рук гнусного Швабрина.

Зурин дал мне отпуск. Через несколько дней должен я был опять очутиться посреди моего семейства, увидеть опять мою Марью Ивановну... Вдруг неожиданная гроза меня поразила.

В день, назначенный для выезда, в самую ту минуту, когда готовился я пуститься в дорогу, Зурин вошёл ко мне в избу, держа в руках бумагу, с видом чрезвычайно озабоченным. Что-то кольнуло меня в сердце. Я испугался, сам не зная чего. Он выслал моего денщика и объявил, что имеет до меня дело. «Что такое?» — спросил я с беспокойством. «Маленькая неприятность, — отвечал он, подавая мне бумагу. — Прочитай, что сейчас я получил». Я стал её читать: это был секретный приказ ко всем отдельным начальникам арестовать меня, где бы ни попался, и немедленно отправить под караулом в Казань в Следственную комиссию, учреждённую по делу Пугачёва.

Бумага чуть не выпала из моих рук. «Делать нечего! — сказал Зурин. — Долг мой повиноваться приказу. Вероятно, слух о твоих дружеских путешествиях с Пугачёвым как-нибудь да дошёл до правительства. Надеюсь, что дело не будет иметь никаких последствий и что ты оправдаешься перед комиссией. Не унывай и отправляйся». Совесть моя была чиста; я суда не боялся; но мысль отсрочить минуту сладкого свидания, может быть, на несколько ещё месяцев, устрашала меня. Тележка была готова. Зурин дружески со мною простился. Меня посадили в тележку. Со мною сели два гусара с саблями наголо, и я поехал по большой дороге.

Глава XIV
Суд

Мирская молва —
Морская волна.

Пословица

Я БЫЛ уверен, что виною всему было самовольное моё отсутствие из Оренбурга. Я легко мог оправдаться: наездничество не только никогда не было запрещено, но ещё всеми силами было ободряемо. Я мог быть обвинён в излишней запальчивости, а не в ослушании. Но приятельские сношения мои с Пугачёвым могли быть доказаны множеством свидетелей и должны были казаться по крайней мере весьма подозрительными. Во всю дорогу размышлял я о допросах, меня ожидающих, обдумывал свои ответы и решился перед судом объявить сущую правду, полагая сей способ оправдания самым простым, а вместе и самым надёжным.

Я приехал в Казань, опустошённую и погорелую. По улицам, наместо домов, лежали груды углей и торчали закоптелые стены без крыш и окон. Таков был след, оставленный Пугачёвым! Меня привезли в крепость, уцелевшую посереди сгоревшего города. Гусары сдали меня караульному офицеру. Он велел кликнуть кузнеца. Надели мне на ноги цепь и заковали её наглухо. Потом отвели меня в тюрьму и оставили одного в тесной и тёмной конурке, с одними голыми стенами и с окошечком, загороженным железною решёткою.

Таковое начало не предвещало мне ничего доброго. Однако ж я не терял ни бодрости, ни надежды. Я прибегнул к утешению всех скорбящих и, впервые вкусив сладость молитвы, излиянной из чистого, но растерзанного сердца, спокойно заснул, не заботясь о том, что со мною будет.

На другой день тюремный сторож меня разбудил с объявлением, что меня требуют в комиссию. Два солдата повели меня через двор в комендантский дом, остановились в передней и впустили одного во внутренние комнаты.

Я вошёл в залу довольно обширную. За столом, покрытым бумагами, сидели два человека: пожилой генерал, виду строгого и холодного, и молодой гвардейский капитан, лет двадцати осьми, очень приятной наружности, ловкий и свободный в обращении. У окошка за особым столом сидел секретарь с пером за ухом, наклонясь над бумагою, готовый записывать мои показания. Начался допрос. Меня спросили о моём имени и звании. Генерал осведомился, не сын ли я Андрея Петровича Гринёва? И на ответ мой возразил сурово: «Жаль, что такой почтенный человек имеет такого недостойного сына!» Я спокойно отвечал, что каковы бы ни были обвинения, тяготеющие на мне, я надеюсь их рассеять чистосердечным объяснением истины. Уверенность моя ему не понравилась. «Ты, брат, востёр, — сказал он мне нахмурясь, — но видали мы и не таких!»

Тогда молодой человек спросил меня: по какому случаю и в какое время вошёл я в службу к Пугачёву и по каким поручениям был я им употреблён?

Я отвечал с негодованием, что я, как офицер и дворянин, ни в какую службу к Пугачёву вступать и никаких поручений от него принять не мог.

— Каким же образом, — возразил мой допросчик, — дворянин и офицер один пощажён самозванцем, между тем как все его товарищи злодейски умерщвлены? Каким образом этот самый офицер и дворянин дружески пирует с бунтовщиками, принимает от главного злодея подарки, шубу, лошадь и полтину денег? Отчего произошла такая странная дружба и на чём она основана, если не на измене или по крайней мере на гнусном и преступном малодушии?

Я был глубоко оскорблён словами гвардейского офицера и с жаром начал своё оправдание. Я рассказал, как началось моё знакомство с Пугачёвым в степи, во время бурана; как при взятии Белогорской крепости он меня узнал и пощадил. Я сказал, что тулуп и лошадь, правда, не посовестился я принять от самозванца; но что Белогорскую крепость защищал я противу злодея до последней крайности. Наконец я сослался и на моего генерала, который мог засвидетельствовать моё усердие во время бедственной оренбургской осады.

Строгий старик взял со стола открытое письмо и стал читать его вслух:

— «На запрос вашего превосходительства касательно прапорщика Гринёва, якобы замешанного в нынешнем смятении и вошедшего в сношения с злодеем, службою недозволенные и долгу присяги противные, объяснить имею честь: оный прапорщик Гринёв находился на службе в Оренбурге от начала октября прошлого 1773 года до 24 февраля нынешнего года, в которое число он из города отлучился и с той поры уже в команду мою не являлся. А слышно от перебежчиков, что он был у Пугачёва в слободе и с ним вместе ездил в Белогорскую крепость, в коей прежде находился он на службе; что касается до его поведения, то я могу...» Тут он прервал своё чтение и сказал мне сурово: «Что ты теперь скажешь себе в оправдание?»

Я хотел было продолжать, как начал, и объяснить мою связь с Марьей Ивановной так же искренно, как и всё прочее. Но вдруг почувствовал непреодолимое отвращение. Мне пришло в голову, что если назову её, то комиссия потребует её к ответу; и мысль впутать имя её между гнусными изветами злодеев и её самую привести на очную с ними ставку — эта ужасная мысль так меня поразила, что я замялся и спутался.

Судьи мои, начинавшие, казалось, выслушивать ответы мои с некоторою благосклонностию, были снова предубеждены противу меня при виде моего смущения. Гвардейский офицер потребовал, чтоб меня поставили на очную ставку с главным доносителем. Генерал велел кликнуть *вчерашнего злодея*. Я с живостию обратился к дверям, ожидая появления своего обвинителя. Через несколько минут загремели цепи, двери отворились, и вошёл — Швабрин. Я изумился его перемене. Он был ужасно худ и бледен. Волоса его, недавно чёрные как смоль, совершенно поседели; длинная борода была всклокочена. Он повторил обвинения свои слабым, но смелым голосом. По его словам, я отряжен был от Пугачёва в Оренбург шпионом; ежедневно выезжал на перестрелки, дабы передавать письменные известия о всём, что делалось в городе; что наконец явно передался самозванцу, разъезжал с ним из крепости в крепость, стараясь всячески губить своих товарищей-изменников, дабы занимать их места и пользоваться наградами, раздаваемыми от самозванца. Я выслушал его молча и был доволен одним: имя Марьи Ивановны не было произнесено гнусным злодеем, оттого ли, что самолюбие его страдало при мысли о той, которая отвергла его с презрением; оттого ли, что в сердце его таилась искра того же чувства, которое и меня заставляло молчать, — как бы то ни было, имя дочери белогорского коменданта не было произнесено в присутствии комиссии. Я утвердился ещё более в моём намерении, и когда судьи спросили: чем могу опровергнуть показания Швабрина, я отвечал, что держусь первого своего объяснения и ничего другого в оправдание себе сказать не могу. Генерал велел нас вывести. Мы вышли вместе. Я спокойно взглянул на Швабрина, но не сказал ему ни слова. Он усмехнулся злобной усмешкою и, приподняв свои цепи, опередил меня и ускорил свои шаги. Меня опять отвели в тюрьму и с тех пор уже к допросу не требовали.

Я не был свидетелем всему, о чём остаётся мне уведомить читателя; но я так часто слыхал о том рассказы, что малейшие подробности врезались в мою память и что мне кажется, будто бы я тут же невидимо присутствовал.

Марья Ивановна принята была моими родителями с тем искренним радушием, которое отличало людей старого века. Они видели благодать Божию в том, что имели случай приютить и обласкать бедную сиро-

ту. Вскоре они к ней искренно привязались, потому что нельзя было её узнать и не полюбить. Моя любовь уже не казалась батюшке пустою блажью; а матушка только того и желала, чтоб её Петруша женился на милой капитанской дочке.

Слух о моём аресте поразил всё моё семейство. Марья Ивановна так просто рассказала моим родителям о странном знакомстве моём с Пугачёвым, что оно не только не беспокоило их, но ещё заставляло часто смеяться от чистого сердца. Батюшка не хотел верить, чтобы я мог быть замешан в гнусном бунте, коего цель была ниспровержение престола и истребление дворянского рода. Он строго допросил Савельича. Дядька не утаил, что барин бывал в гостях у Емельки Пугачёва и что-де злодей его таки жаловал; но клялся, что ни о какой измене он и не слыхивал. Старики успокоились и с нетерпением стали ждать благоприятных вестей. Марья Ивановна сильно была встревожена, но молчала, ибо в высшей степени была одарена скромностию и осторожностию.

Прошло несколько недель... Вдруг батюшка получает из Петербурга письмо от нашего родственника князя Б**. Князь писал ему обо мне. После обыкновенного приступа, он объявлял ему, что подозрения насчёт участия моего в замыслах бунтовщиков, к несчастию, оказались слишком основательными, что примерная казнь должна была бы меня постигнуть, но что государыня, из уважения к заслугам и преклонным летам отца, решилась помиловать преступного сына и, избавляя его от позорной казни, повелела только сослать в отдалённый край Сибири на вечное поселение.

Сей неожиданный удар едва не убил отца моего. Он лишился обыкновенной своей твёрдости, и горесть его (обыкновенно немая) изливалась в горьких жалобах. «Как! — повторял он, выходя из себя. — Сын мой участвовал в замыслах Пугачёва! Боже праведный, до чего я дожил! Государыня избавляет его от казни! От этого разве мне легче? Не казнь страшна: пращур мой умер на лобном месте, отстаивая то, что почитал святынею своей совести; отец мой пострадал вместе с Волынским и Хрущёвым. Но дворянину изменить своей присяге, соединиться с разбойниками, с убийцами, с беглыми холопьями!.. Стыд и срам нашему роду!..» Испуганная его отчаянием матушка не смела при нём плакать и старалась возвратить ему бодрость, говоря о неверности молвы, о шаткости людского мнения. Отец мой был неутешен.

Марья Ивановна мучилась более всех. Будучи уверена, что я мог оправдаться, когда бы только захотел, она догадывалась об истине и почитала себя виновницею моего несчастия. Она скрывала от всех свои слёзы и страдания и между тем непрестанно думала о средствах, как бы меня спасти.

Однажды вечером батюшка сидел на диване, перевёртывая листы Придворного календаря; но мысли его были далеко, и чтение не производило над ним обыкновенного своего действия. Он насвистывал старинный марш. Матушка молча вязала шерстяную фуфайку, и слёзы изредка капали на её работу. Вдруг Марья Ивановна, тут же сидевшая за работой, объявила, что необходимость её заставляет ехать в Петербург и что она просит дать ей способ отправиться. Матушка очень огорчилась. «Зачем тебе в Петербург? — сказала она. —

Неужто, Марья Ивановна, хочешь и ты нас покинуть?» Марья Ивановна отвечала, что вся будущая судьба её зависит от этого путешествия, что она едет искать покровительства и помощи у сильных людей, как дочь человека, пострадавшего за свою верность.

Отец мой потупил голову: всякое слово, напоминающее мнимое преступление сына, было ему тягостно и казалось колким упрёком. «Поезжай, матушка! — сказал он ей со вздохом. — Мы твоему счастию помехи сделать не хотим. Дай Бог тебе в женихи доброго человека, не ошельмованного изменника». Он встал и вышел из комнаты.

Марья Ивановна, оставшись наедине с матушкою, отчасти объяснила ей свои предположения. Матушка со слезами обняла её и молила Бога о благополучном конце замышленного дела. Марью Ивановну снарядили, и через несколько дней она отправилась в дорогу с верной Палашей и с верным Савельичем, который, насильственно разлучённый со мною, утешался по крайней мере мыслию, что служит наречённой моей невесте.

Марья Ивановна благополучно прибыла в Софию и, узнав на почтовом дворе, что Двор находился в то время в Царском Селе, решилась тут остановиться. Ей отвели уголок за перегородкой. Жена смотрителя тотчас с нею разговорилась, объявила, что она племянница придворного истопника, и посвятила её во все таинства придворной жизни. Она рассказала, в котором часу государыня обыкновенно просыпалась, кушала кофей, прогуливалась; какие вельможи находились в то время при ней; что изволила она вчерашний день говорить у себя за столом, кого принимала вечером, — словом, разговор Анны Власьевны стоил нескольких страниц исторических записок и был бы драгоценен для потомства. Марья Ивановна слушала её со вниманием. Они пошли в сад. Анна Власьевна рассказала историю каждой аллеи и каждого мостика, и, нагулявшись, они возвратились на станцию очень довольные друг другом.

На другой день рано утром Марья Ивановна проснулась, оделась и тихонько пошла в сад. Утро было прекрасное, солнце освещало вершины лип, пожелтевших уже под свежим дыханием осени. Широкое озеро сияло неподвижно. Проснувшиеся лебеди важно выплывали из-под кустов, осеняющих берег. Марья Ивановна пошла около прекрасного луга, где только что поставлен был памятник в честь недавних побед графа Петра Александровича Румянцева. Вдруг белая собачка английской породы залаяла и побежала ей навстречу. Марья Ивановна испугалась и остановилась. В эту самую минуту раздался приятный женский голос: «Не бойтесь, она не укусит». И Марья Ивановна увидела даму, сидевшую на скамейке противу памятника. Марья Ивановна села на другом конце скамейки. Дама пристально на неё смотрела; а Марья Ивановна, со своей стороны бросив несколько косвенных взглядов, успела рассмотреть её с ног до головы. Она была в белом утреннем платье, в ночном чепце и в душегрейке. Ей казалось лет сорок. Лицо её, полное и румяное, выражало важность и спокойствие, а голубые глаза и лёгкая улыбка имели прелесть неизъяснимую. Дама первая перервала молчание.

— Вы, верно, не здешние? — сказала она.

— Точно так-с: я вчера только приехала из провинции.

— Вы приехали с вашими родными?

— Никак нет-с. Я приехала одна.

— Одна! Но вы так ещё молоды.

— У меня нет ни отца, ни матери.

— Вы здесь, конечно, по каким-нибудь делам?

— Точно так-с. Я приехала подать просьбу государыне.

— Вы сирота: вероятно, вы жалуетесь на несправедливость и обиду?

— Никак нет-с. Я приехала просить милости, а не правосудия.

— Позвольте спросить, кто вы таковы?

— Я дочь капитана Миронова.

— Капитана Миронова! того самого, что был комендантом в одной из оренбургских крепостей?

— Точно так-с.

Дама, казалось, была тронута. «Извините меня, — сказала она голосом ещё более ласковым, — если я вме-

Екатерина II на прогулке в Царскосельском парке.
Художник Боровиковский В. Л., 1894

шиваюсь в ваши дела; но я бываю при дворе; изъясните мне, в чём состоит ваша просьба, и, может быть, мне удастся вам помочь.»

Марья Ивановна встала и почтительно её благодарила. Всё в неизвестной даме невольно привлекало сердце и внушало доверенность. Марья Ивановна вынула из кармана сложенную бумагу и подала её незнакомой своей покровительнице, которая стала читать её про себя.

Сначала она читала с видом внимательным и благосклонным; но вдруг лицо её переменилось, — и Марья Ивановна, следовавшая глазами за всеми её движениями, испугалась строгому выражению этого лица, за минуту столь приятному и спокойному.

— Вы просите за Гринёва? — сказала дама с холодным видом. — Императрица не может его простить. Он пристал к самозванцу не из невежества и легковерия, но как безнравственный и вредный негодяй.

— Ах, неправда! — вскрикнула Марья Ивановна.

— Как неправда! — возразила дама, вся вспыхнув.

— Неправда, ей-богу, неправда! Я знаю всё, я всё вам расскажу. Он для одной меня подвергался всему, что постигло его. И если он не оправдался перед судом, то разве потому только, что не хотел запутать меня. — Тут она с жаром рассказала всё, что уже известно моему читателю.

Дама выслушала её со вниманием. «Где вы остановились?» — спросила она потом; и услыша, что у Анны Власьевны, примолвила с улыбкою: «А! знаю. Прощайте, не говорите никому о нашей встрече. Я надеюсь, что вы недолго будете ждать ответа на ваше письмо».

С этим словом она встала и вошла в крытую аллею, а Марья Ивановна возвратилась к Анне Власьевне, исполненная радостной надежды.

Хозяйка побранила её за раннюю осеннюю прогулку, вредную, по её словам, для здоровья молодой девушки. Она принесла самовар и за чашкою чая только было принялась за бесконечные рассказы о дворе, как вдруг придворная карета остановилась у крыльца, и камер-лакей вошёл с объявлением, что государыня изволит к себе приглашать девицу Миронову.

Анна Власьевна изумилась и расхлопоталась. «Ахти Господи! — закричала она. — Государыня требует вас ко двору. Как же это она про вас узнала? Да как же вы, матушка, представитесь к императрице? Вы, я чай, и ступить по-придворному не умеете... Не проводить ли мне вас? Всё-таки я вас хоть в чём-нибудь да могу предостеречь. И как же вам ехать в дорожном платье? Не послать ли к повивальной бабушке за её жёлтым роброном?» Камер-лакей объявил, что государыне угодно было, чтоб Марья Ивановна ехала одна и в том, в чём её застанут. Делать было нечего: Марья Ивановна села в карету и поехала во дворец, сопровождаемая советами и благословениями Анны Власьевны.

Марья Ивановна предчувствовала решение нашей судьбы; сердце её сильно билось и замирало. Чрез несколько минут карета остановилась у дворца. Марья Ивановна с трепетом пошла по лестнице. Двери перед нею отворились настежь. Она прошла длинный ряд пустых великолепных комнат; камер-лакей указывал дорогу. Наконец, подошед к запертым дверям, он объявил, что сейчас об ней доложит, и оставил её одну.

Мысль увидеть императрицу лицом к лицу так устрашала её, что она с трудом могла держаться на ногах. Через минуту двери отворились, и она вошла в уборную государыни.

Императрица сидела за своим туалетом. Несколько придворных окружали её и почтительно пропустили Марью Ивановну. Государыня ласково к ней обратилась, и Марья Ивановна узнала в ней ту даму, с которой так откровенно изъяснялась она несколько минут тому назад. Государыня подозвала её и сказала с улыбкою: «Я рада, что могла сдержать вам своё слово и исполнить вашу просьбу. Дело ваше кончено. Я убеждена в невинности вашего жениха. Вот письмо, которое сами потрудитесь отвезти к будущему свёкру».

Марья Ивановна приняла письмо дрожащею рукою и, заплакав, упала к ногам императрицы, которая подняла её и поцеловала. Государыня разговорилась с нею. «Знаю, что вы не богаты, — сказала она, — но я в долгу перед дочерью капитана Миронова. Не беспокойтесь о будущем. Я беру на себя устроить ваше состояние».

Обласкав бедную сироту, государыня её отпустила. Марья Ивановна уехала в той же придворной карете. Анна Власьевна, нетерпеливо ожидавшая её возвращения, осыпала её вопросами, на которые Марья Ивановна отвечала кое-как. Анна Власьевна хотя и была недовольна её беспамятством, но приписала оное провинциальной застенчивости и извинила великодушно. В тот же день Марья Ивановна, не полюбопытствовав взглянуть на Петербург, обратно поехала в деревню...

Здесь прекращаются записки Петра Андреевича Гринёва. Из семейственных преданий известно, что он был освобождён от заключения в конце 1774 года, по именному повелению; что он присутствовал при казни Пугачёва, который узнал его в толпе и кивнул ему головою, которая через минуту, мёртвая и окровавленная, показана была народу. Вскоре потом Пётр Андреевич женился на Марье Ивановне. Потомство их благоденствует в Симбирской губернии. В тридцати верстах от *** находится село, принадлежащее десятерым помещикам. В одном из барских флигелей показывают собственноручное письмо Екатерины II за стеклом и в рамке. Оно писано к отцу Петра Андреевича и содержит оправдание его сына и похвалы уму и сердцу дочери капитана Миронова. Рукопись Петра Андреевича Гринёва доставлена была нам от одного из его внуков, который узнал, что мы заняты были трудом, относящимся ко временам, описанным его дедом. Мы решились, с разрешения родственников, издать её особо, приискав к каждой главе приличный эпиграф и дозволив себе переменить некоторые собственные имена.

Издатель
19 окт. 1836

Оглавление

Lightning Source UK Ltd.
Milton Keynes UK
UKHW041829030820
367650UK00007B/205

9 781910 880463